ज्ञान गरिमा के

72 वर्ष

भारतीय

ज्ञानपीठ

णाणं

पयासयं

वीर नि.सं. 2470

ई.सन् 1944

भारतीय ज्ञानपीठ

अच्छा तो तुम यहाँ हो

अच्छा तो तुम यहाँ हो

राजेन्द्र चन्द्रकान्त राय

भारतीय ज्ञानपीठ

लोकोदय ग्रन्थमाला : ग्रन्थांक 1311

ISBN 978-93-263-5569-8

अच्छा तो तुम यहाँ हो

(तीन लम्बी कहानियाँ)

राजेन्द्र चन्द्रकान्त राय

प्रकाशक : **भारतीय ज्ञानपीठ**
18, इन्स्टीट्यूशनल एरिया, लोदी रोड, नयी दिल्ली-110 003

मुद्रक : विकास कम्प्यूटर्स ऐंड प्रिन्टर्स, दिल्ली-32

आवरण-चित्र : लीलाधर मंडलोई
आवरण-सज्जा : चन्द्रकान्त शर्मा

ACHCHHA TO TUM YAHAN HO
(Teen Lambi Kahaniyan)
by Rajendra Chandrakant Rai

Published by
Bharatiya Jnanpith
18, Institutional Area, Lodi Road, New Delhi-110 003
Ph. : 011-24698417, 24626467; 23241619 (Daryaganj)
Mob. : 9350536020; e-mail : bjnanpith@gmail.com
sales@jnanpith.net; website : www.jnanpith.net

First Edition : 2017
Price : Rs. 220

चि० राहुल

और

आशय के लिये

स्नेह सहित

अनुक्रम

अच्छा तो तुम यहाँ हो

रिटायरमेंट पहले तो बड़ा रोमेंटिक-सा लगता है, पर कुछ दिनों बाद ऐसा महसूस होने लगता है कि हम नौकरी से ही नहीं, बल्कि ज़िन्दगी से भी निकले जा रहे हैं। सरकारी नौकरियों ने लोगों को इतना ग़ाफ़िल बना दिया है कि पहले तो वे इसमें डूबे रहते हैं और जब नौकरी पल्ला झाड़ लेती है, तब वे ठगे-से रह जाते हैं। मगर हमारी कहानी का यह जोड़ा, ऐसे लोगों से भिन्न है। ये दोनों रिटायरमेंट को एक नयी शुरुआत की तरह देखते हैं और ज़िन्दगी के दूसरे पक्ष के प्रति इनके मन में गहरी उत्कंठा भी है।

ये लोग अपने युवाकाल के दिनों में लगभग एक साथ ही नौकरी में दाख़िल हुए थे और प्रेम के मार्ग पर चलते हुए पति-पत्नी बन गये थे। कुछ सालों के बाद पुरुष को यह बात खलने लगी थी कि स्त्री इतनी जल्दी प्रेमिका की काया से ख़ारिज होकर, पत्नी की घरेलू काया में स्थानान्तरित क्यों हो गयी? जबकि उन्माद और स्फ़ुरण, पुरुष में अब भी बचा हुआ था, पर स्त्री आधी घरेलू और आधी दफ़्तरी होकर दो हिस्सों में बँट गयी थी। पुरुष ऐसा करने में स्त्री से पिछड़ गया था, क्योंकि वह अपने को हमेशा ही युवा-उमंगों से लबरेज़ महसूस करता था। मस्त और फ़क्कड़ बने रहने के प्रति उसके मन में गहरा अनुराग था। चरित्र का हिस्सा। अक्सर ऐसा होने लगा था कि वह स्त्री में अपने हिस्से की, एक भरपूर प्रेमिका की तलाश करता और उसके हाथ कभी एक घरेलू स्त्री लगती तो कभी मात्र एक स्कूल-टीचर। प्रेमिका नदारद रहती। वह स्त्री से अपने लिये प्रेमिका की माँग करता और वह बुजुर्गाना अन्दाज़ में फ़रमाती कि हम ज़िन्दगी भर लवर्स नहीं बने रह सकते। उसकी एक उम्र होती है। अब दूसरी उम्र आ चुकी है और इस दूसरी उम्र के अपने तक़ाज़े हैं, जिन्हें पूरा करना है।

साठ पार होते-होते शनिवार-इतवार की छुट्टियाँ लम्बी होने लगीं। दिन लम्बे होने लगे। सुबहें अख़बार पढ़ने और नाश्ता करने के बाद भी बची रहतीं। दोपहरें, भोजन और विश्राम से लम्बी हो जातीं और शामें चाय की प्यालियों में न

समातीं, छलक-छलक कर गिरती रहतीं। बरामदे में बैठकर वे, उन्हें काटने की कोशिशें करते, किन्तु वे विदा न होतीं बल्कि फेन्स के इधर ही रही आतीं। यहाँ तक कि टहलने का पराक्रम करने पर भी अछोर बनी रहतीं। वे दोनों टहलने के लम्बे रास्ते खोजते और उन पर सुस्त-क़दम चलते। कभी सड़कों से उतर जाते और बग़ीचों में बैठकर फूलों के रंगों और क़िस्मों पर मामूली क़िस्म की बातें करते और कभी-कभी तो तालाब के तट पर बैठकर पानी में कंकर फेंकते और उसकी लहरों में बननेवाले वृत्तों को गिनते रहते।

ऐसी ही एक शाम, जब वे बाएँ हाथ में कंकरों की एक छोटी-सी ढेरी रखे हुए, उन्हें दाएँ हाथ से उठा-उठा कर तालाब में फेंक रहे थे, एक सम्मोहन चुपके से आकर, उन्हें अपनी ज़द में ले चुका था। वे न तो बायाँ हाथ देख रहे थे और न दायाँ, बस, ताल-जल में होनेवाली 'डुब्ब' की हल्की आवाज़ पर कान रखे हुए, वहाँ बननेवाले जल-वृत्तों पर आँखें जमाये हुए थे। कभी स्त्री पुरुष के बनाये वृत्तों में साधिकार प्रवेश कर जाती थी, तो कभी पुरुष। वे एक-दूसरे के बनाये वृत्तों की तोड़-फ़ोड़ में मनोयोग से जुटे हुए थे। तोड़-फ़ोड़ में भी प्रेम और एन्द्रिकता होती है। विपरीत व्यक्तित्वों में जा समाने की उद्दाम लालसा ही ऐसा कराती है।

वे इतने दत्त-चित्त थे कि उनके कंकर प्रक्षेपण के बीच एक और तीसरा और कुछ ज़्यादा ही कोमल कंकर-प्रक्षेपण भी शामिल हो गया है, इसका उन्हें पता ही न चला। वे उस तीसरे कंकर को भी, पहला या दूसरा ही समझते रहते, यदि ज़रा देर बाद ही कंकर के साथ-साथ एक रंग-बिरंगी फिरकी-सी बाल-आकृति भी, तालाब के पानी में जल-वृत्त बनाने न गिर पड़ती।

दोनों औचक रह गये थे। सम्मोहन टूट गया था। टूटे हुए सम्मोहन से बाहर निकलने में समय लगा। 'क्या हो गया है' यह समझने की मानसिक प्रक्रिया के दौरान ही पुरुष फुर्ती से उठा और तालाब में कूद गया। दूसरे ही पल उसके हाथों में ढाई-तीन साल का एक मासूम बच्चा था, जो नाक-कान में पानी भर जाने के कारण, भयभीत होकर ज़ोर-ज़ोर से रो रहा था। गले में पानी भर जाने से बेचैन था और बुरी तरह से खाँस रहा था। स्त्री इस दृश्य को देखकर हक्का-बक्का थी और अपनी जगह पर हतप्रभ-सी खड़ी रहकर, 'कैसे हो गया', 'यह किसका बच्चा है' जैसे सवालों से अपना चेहरा भरे हुए थी।

पुरुष उस फ़ड़फ़ड़ाते हुए बच्चे को अपनी छाती से लिपटाये हुए था और उसे चुप कराने के लिये क्या करे, समझ नहीं पा रहा था। उसका सूट पानी में लिथड़ गया था। चश्मे पर पानी की तरल पर्त चढ़ गयी थी और बाहर का सब कुछ धुँधला-धुँधला हो गया था। मूँछों की सफ़ेदी पर जल की तरलता लेट गयी थी।

बच्चे के माता-पिता पार्क में ही कहीं थे और अब बदहबासी में, इसी तरफ़ भागे हुए चले आ रहे थे। माता ने आते ही बच्चे को अपनी गोद में झपट लिया और साड़ी के पल्ले से उसका सिर पोंछने लगी। पिता भी डरा-डरा-सा दिख रहा था और बच्चे के बच जाने पर ईश्वर को धन्यवाद दे रहा था। बच्चे के माता-पिता बच्चे को लेकर कब चले गये, उन्हें पता ही नहीं चला। वे बच्चे की दशा देखकर परेशान रहे होंगे और इसी हड़बड़ी में उन्होंने बच्चे की रक्षा करनेवाले इन दोनों का शुक्रिया तक अदा न किया था।

उनके दिल अब भी धड़-धड़ कर रहे थे। पुरुष का शरीर तो काँपने ही लगा था। यह देखकर स्त्री ने हाथ पकड़कर बैठा दिया-थोड़ा बैठ जाइये, सुचित्त हो जाइये, फिर घर चलेंगे।

स्त्री भावनात्मक रूप से पुरुष की तुलना में थोड़ा मज़बूत है पर पुरुष फ़िल्म में भी कोई हृदयस्पर्शी दृश्य देख ले, तो थरथरा जाता है। गहरे प्रेम के दृश्य उसकी आँखों में पानी भर देते हैं। बच्चों के प्रति उमड़े हुए प्रेम के दृश्यों को तो वह बिना रोये देख ही नहीं सकता। थोड़ी देर तक बैठ लेने के बाद जब वे घर के लिये चले, तो स्त्री ने पूछा—अब कैसा लग रहा है?

-ठीक है यूँ ही थोड़ा-सा डर गया था।

-सूट तो पूरा गीला हो गया।

-हाँ, पर बच्चा बच गया ।

-हाँ, ईश्वर ने कृपा की।

वे तालाब के तट से उतरकर पार्क में आये और बाहर जाने की सीमेंट-पगडंडी पर चलने लगे। पुरुष बार-बार छाती को छू रहा था। उसे लग रहा था कि बच्चा अब भी, उस जगह पर, उससे चिमटा हुआ है और डूबने से बचने के लिये छटपटा रहा है। उसे लग रहा था कि वह, डरा और घबराया हुआ नन्हा छौना, अपने छोटे-छोटे हाथों से अब भी उसका कोट थामे हुए है।

स्त्री की आँखों में भी, अभी तक, बच्चे का पानी में 'धम्म-से' जा गिरना धँसा हुआ था। वह चुप-सी हो गयी थी और अपनी आँखों से, डूबने के उस खुबे हुए दृश्य को बाहर निकाल पाने में लगातार असमर्थ होती जा रही थी। वह अकारण ही अपनी आँखों को पोंछे जा रही थी जैसे आँखें पोंछने से, वह भयानक और मौत के मुँह में जानेवाला दृश्य भी पुँछ जाएगा।

-चलिये, जल्दी चलकर कपड़े बदल डालिये नहीं तो सर्दी लग जाएगी।

-हाँ, चलो।

उनके क़दम तेज़ हो गये।

विनय साहब टहलकर लौट रहे थे, देखा तो टोका—अरे, क्या सूट सहित तैरने गये थे? कहाँ से नहाकर चले आ रहे हैं?

पुरुष ने उन्हें पूरा क़िस्सा सुनाया। स्त्री ने दरवाज़े पर लगा ताला जल्दी से खोला। बत्तियाँ ऑन कीं और भागती हुई-सी अन्दर गयी। पुरुष बरामदे में ही खड़ा रहा। फिर उसने कोट उतारा और बेंत की कुर्सी पर बैठ गया। पैंट से अब पानी नहीं टपक रहा था, पर एक वज़नदार गीलापन अभी भी शेष था।

स्त्री तौलिया और कपड़े ले आयी—लीजिये, पहले सिर पोंछिये। शर्ट भी उतार दीजिये और चेंज कर लीजिये। जल्दी से।

पुरुष ने पैंट बदल ली और ड्राइंग रूम में बैठकर टीवी ऑन कर चुका था। वहाँ ब्रेक चल रहा था और विज्ञापन धमाचौकड़ी मचाये हुए थे। वह अपनी घड़ी का डॉयल देखने लगा, जिसके अन्दर आर्द्रता की पर्त, श्वेत चादर की तरह तन गयी थी। उसे हटाने के लिये उसने मुँह से कई फूँकें मारीं, पर उसका कोई असर न हुआ। जब टीवी पर समाचार आने लगे, तो वह उनमें रमने की कोशिश करने लगा। स्त्री ने भी कपड़े बदल लिये थे, बाहर आकर पूछा चाय पियेंगे क्या?

-हाँ, पर थोड़ा स्ट्रांग बनाना।

स्त्री चली गयी। टीवी पर कोटा में पढ़नेवाले एक बच्चे के अपहरण और बदले में दो करोड़ रुपयों की फिरौती माँगे जाने का समाचार चल रहा था। यह अपहरण एक युवा स्त्री ने अपने पूर्व सहपाठी के साथ मिलकर करवाया था। अब दोनों पकड़े जा चुके थे। बच्चे की तस्वीर देखकर पुरुष ने महसूस किया कि अपहृत बच्चा वैसा ही लग रहा है, जैसा कि वह डूबनेवाला बच्चा था। शरीर में एक फ़ुरैरी-सी उसने महसूस की और बच्चे से ध्यान हटाने के लिये वह बेमतलब ही चैनल बदलने लगा। अपने आँसुओं को रोके रखने की भी यह एक कोशिश ही थी। उसे पता था कि वह बच्चे के दृश्यों को देखेगा और रोने लगेगा।

स्त्री चाय सहित फिर हाज़िर थी—लीजिये गरमागरम चाय, अदरक डाला है फ़ायदा करेगा।

प्याला देकर स्त्री भी बैठ गयी और टीवी देखने लगी, फिर बोली—आज, आप न होते तो वह बच्चा डूब ही जाता।

-हाँ, पर यह भी तो हो सकता है कि वह हमें वहाँ देखकर ही चला आया हो। हम वहाँ न होते, तो शायद वह वहाँ आता ही नहीं।

-पर आजकल के माँ-बाप भी तो देखो कितने लापरवाह होते हैं कि अपने बच्चे का ठीक से ख़याल तक नहीं रख पाते।

-सचमुच बच्चे पैदा करना तो आसान है, पर उन्हें बड़ा करना बहुत मुश्किल

काम है ।

स्त्री चुप हो गयी।

चाय की कई चुस्कियों की ख़ामोश निरन्तरता के बाद पुरुष ने कहा—मुझे ज़रा अजीब-सा लग रहा है!

-तबियत तो ठीक है न आपकी?

पुरुष हँसा—तबियत को क्या होना है? बिल्कुल ठीक हूँ।

-फिर, कैसा लग रहा है?

-ऐसा लग रहा है!

-हाँ बताओ कैसा लग रहा है?

-ऐसा लग रहा है, जैसे हम अपना ही बच्चा आज वहाँ पर खो आये हैं।

स्त्री चकित हुई—खो आये हैं। ये क्या कह रहे हैं आप? अरे नहीं, बल्कि हुआ तो यह है कि आपने ही, उसके माँ-बाप को, उनके द्वारा खो दिया गया बच्चा लौटा दिया है । वे लोग कितनी दुआएँ दे रहे होंगे।

-हाँ।

पुरुष ने आगे कुछ न कहा। बातों का धागा वहीं टूट गया। बाहर सर्द हवा बढ़ गयी थी और उसकी सुरसुराहट, बीच-बीच में कानों में कुछ फ़ुसफ़ुसाने अन्दर तक चली आ रही थी।

अगले दिन स्त्री का जन्मदिन था। नींद खुलते ही पुरुष को याद आ गया था। दोनों एक-दूसरे का जन्मदिन याद रखते थे और सुबह आँख खुलने के साथ ही 'विश' करने की आदत बना रखी थी। पुरुष ने इस बार ऐसा नहीं किया। जानबूझकर। उठा और टहलने चला गया। स्त्री जाग गयी थी और आँखें मूँदे मुबारकबाद का इन्तज़ार कर रही थी। स्त्री ने नोटिस किया कि पुरुष उसका जन्मदिन भूल गया है। उसने इसका बुरा नहीं माना। बुरा मानने की भी एक उम्र होती है। वह रोज़मर्रा के कामों में लग गयी।

पुरुष ने बर्थ-डे केक ख़रीदना चाहा, पर सुबह-सुबह वह कहाँ मिलता, इसलिये बेकरी-बूथ से साधारण केक ही ख़रीद लिया था। उसे पैक कराया और इस तरह चुपके से घर आया जैसे कोई अमूल्य वस्तु लाकर चौंका देना चाहता हो। यह सब करते हुए उसके दिल में खदबद मची हुई थी कि स्त्री को तो अन्दाज़ तक न होगा कि वह केक लेने गया है, अचानक केक देखकर वह कितनी अचम्भित हो जाएगी?

पुरुष ने केकवाला कैरी-बैग बरामदे में ही, एक गमले की आड़ में, ऐसी जगह पर रख दिया, जहाँ से वह दिखाई न दे और नित्य-क्रियाओं में जुट गया। जब वह तौलिये से मुँह पोंछने के बाद, बाहर की खुली जगह पर, बैंत की कुर्सी में बैठकर अख़बार पढ़ने के आसन में जम गया, तब तक स्त्री चाय और भुने हुए पापड़ लेकर आ गयी थी। पुरुष ऐसे उठा, जैसे वह रोज़ की तरह, शब्द-पहेली भरने के लिये पेंसिल लेने उठा हो। उसे शब्द-पहेली भरने का ख़ब्त था। जब तक पूरी न भर लेता अख़बार से चिपका ही रहता।

लौटकर बोला—देखो तो ज़रा, यह पेंसिल वहाँ पड़ी हुई थी।

स्त्री ने उसकी शिकायत पर ध्यान नहीं दिया क्योंकि ऐसी शिकायतें तो वह करता ही रहता था। उसके पास शिकायतों का अम्बार था। जिस तरह उसके पास शिकायतों का अम्बार था, उसी तरह उसके पास छोटी-छोटी बातों का ज़ख़ीरा भी था। जब तक सारी बातें स्त्री को न बता देता, उसे चैन न आता था। पेंसिल के बहाने वह किचिन से चाकू और बरामदे से केक-पैक उठा लाया था। स्त्री उसका छोड़ा हुआ अख़बार देखने में व्यस्त थी। पुरुष ने आहिस्ता से मेज़ पर केक रख दिया और चाकू की नोक से अख़बार सरकाकर लय में बोला—हैप्पी बर्थ-डे टू यू माय डार्लिंग।

स्त्री गले तक आह्लाद से भर गयी। उसने अपने मुँह पर दायाँ हाथ रखकर पूछा—अरे! आपको याद था? मैं तो समझी थी कि आप भूल गये।

-इधर देखो।

स्त्री ने कौतूहल से मेज़ की ओर देखा। अख़बार की ओट में केक रखा था। वह और भी खिल गयी—अरे वाह! केक भी? कब लाये कित्ते का मिला?

इसके आगे उसके मुँह से शब्द नहीं निकले। आँखें सजल हो गयीं। पुरुष ने आँखों का जल वहीं रोक देने के लिये जल्दी से कहा—केक लाये यह इम्पॉर्टेंट है या कित्ते का लाये यह?

फिर स्त्री के नेत्रों में सजलता देखकर बोला—चलो-चलो, अब केक काटो भाई, मुँह में पानी आ रहा है।

स्त्री ने खुद को सँभाला और चाकू से केक काटा। पहला टुकड़ा पुरुष को खिलाया। पुरुष ने उसकी उँगुलियों को हल्के से काटकर मसख़री की और दूसरा टुकड़ा स्त्री के मुँह में रख दिया। खाकर वह गाने लगा—

हम भी अगर बच्चे होते,
नाम हमारा होता बबलू-डबलू
खाने को मिलते लड्डू

और दुनिया कहती हैप्पी बर्थ-डे टू यू...

स्त्री ने भी उसके सुर में सुर मिलाकर उसकी खुशी को दोगुना बनाने में सायास मदद की और फिर लजा भी गयी—कोई सुने तो?

–सुने तो सुने हम कोई गुनाह कर रहे हैं क्या?

–बुढ़ापे में गा रहे हैं, वह भी लॉन में।

–जी हाँ और गाकर बता रहे हैं कि हम अभी बूढ़े नहीं हुए हैं।

थोड़ा चुप रहकर स्त्री बोली—हम लोग बबलू-डबलूवाली उम्र कब की पीछे छोड़ आये हैं।

–हाँ, यह तो है हमेशा वही उम्र तो नहीं रहती।

–अपने बच्चे होते, तो हम भी उनकी उम्र में शामिल हो सकते।

पुरुष ख़ामोश रहा, स्त्री उदास हो गयी। पुरुष ने लॉन की चारदीवारी देखी। फूल-पत्ते देखे और दुख के साथ कहा—हमने सब कुछ तो किया, पर बच्चे नहीं पा सके।

–आप दुखी क्यों होते हैं? देखिये हमने तय किया था कि इस कारण से कभी दुखी नहीं होंगे।

–दुखी नहीं हूँ पर जीवन सूना-सूना लगता है। आधा-अधूरा-सा।

–मैं इसीलिये इस बात की कभी चर्चा नहीं करती। आप उदास हो जाते हैं, बहुत सेंसिटिव हैं।

वातावरण बोझिल हो गया। चुप्पी धूप में घुल-घुलकर फैलने लगी। पुरुष तौलता रहा कि वह जो कहना चाहता है उसे कहे या न कहे, फिर काफ़ी देर चुप रहने के बाद बोला—वैसे अभी भी एक रास्ता है।

स्त्री प्रश्नवाचक हो गयी।

–हम कोई बच्चा गोद ले सकते हैं।

स्त्री मुस्कुरायी—अब, इस उम्र में?

–हाँ, इसी उम्र में बच्चा गोद लेना चाहिये। यह वही समय है, जब हम उसे पूरा वक़्त दे सकते हैं। ठीक तरह से उसे पाल सकते हैं। हमारे पास पूरी फ़ुरसत है कि एक बच्चे को बड़ा होते देख सकें। अपना बचपन तो कोई देख नहीं पाता, क्योंकि तब सभी लोग उसे जीने में लगे होते हैं। जवाब में पुरुष ने इस तरह विश्वासपूर्वक कहा, जैसे उसे इस सवाल की पहले से ही उम्मीद रही हो और बदले में उसने मज़बूत क़िस्म का उत्तर तैयार करके रखा हो।

स्त्री ने बिना एतराज़ ज़ाहिर किये कहा—असल में बच्चों को पालने की एक उम्र होती है। हम जिस उम्र में पहुँच गये हैं, वहाँ पहुँच जाने पर तो खुद बच्चे ही

अपने माँ-बाप को पालने लगते हैं।

पुरुष शान्त भाव से बोला—मेरा तो एक सुझाव भर है, वैसे तुम जैसा ठीक समझो। मैं तुम पर अपनी बात थोपूँगा नहीं।

पुरुष फिर से अख़बार पढ़ने लगा और स्त्री अख़बार की ओट से उसे पढ़ने की कोशिश करने लगी—हम रिटायर हो गये हैं, बूढ़े हो रहे हैं, क्या सब ठीक से कर पाएँगे? बच्चे के साथ कहीं हमसे कोई अन्याय न हो जाये?

पुरुष का उत्साह फुदककर सामने आ गया—रिटायर ही हुए हैं पर बूढ़े नहीं हुए। बूढ़ा हो गया होता तो क्या उस दिन तालाब में कूद सकता था? देखो, अब हमारे पास समय ही समय है। फ़ुरसत-ही-फ़ुरसत। असल में बच्चे भागमभाग में पाले ही नहीं जा सकते। उसके लिये तो पूरी फ़ुरसत चाहिये। इतनी फ़ुरसत कि बच्चे को ज़रा-सा भी अकेलापन न लगे। उसकी थोड़ी-सी भी उपेक्षा न हो।

स्त्री सुनते-सुनते कहीं गुम हो गयी।

पुरुष ने अपनी बात को और बेहतर तरीक़े से कहने की कोशिश की—जो पेरेंट वर्किंग होते हैं, उनके बच्चे, बच्चे नहीं रह पाते। माँ-बाप अपनी व्यस्तताओं और ज़रूरतों के चलते, उन्हें अपनी तरह बड़ा और सयाना बना डालते हैं, अपनी तरह व्यवहार करना सिखा देते हैं, है कि नईं?

स्त्री ने सहमति जतायी—हाँ, ये तो है।

–तो फिर?

दूसरी सुबह अख़बार पढ़ते-पढ़ते पुरुष ने हड़बड़ाई हुई सी आवाज़ में स्त्री को पुकारा। वह दौड़ी-दौड़ी आयी—क्या हुआ?

पुरुष ने उसके आगे अख़बार फैलाते हुए कहा—देखो तो ज़रा, इस न्यूज़ को पढ़ो। माँ-बाप काम पर गये थे, घर पर बच्चे अकेले थे। एक तीन साल के बच्चे ने चूहामार दवा खा ली, अब हॉस्पिटिलाइज़ है।

–अरे? स्त्री ने अख़बार छुड़ा लिया। पूरी ख़बर पढ़ी और कहा—ओफ़्फ़! कितने लापरवाह हो गये हैं, आजकल के माँ-बाप? बच्चे तक ठीक से नहीं पाल सकते।

स्त्री किचन में गैस पर कुछ चढ़ाकर आयी थी। याद आते ही उधर भागी। कुछ देर बाद ही स्त्री के चीख़ने की आवाज़ आयी। अब पुरुष भागकर वहाँ पहुँचा—क्या हुआ?

वह हँस रही थी—इत्ता बड़ा चूहा!

–चूहा?

–हाँ इत्ता बड़ा था।

–मैं तो डर ही गया था।

–क्यों?

–यह सोचकर कि कहीं उबलता दूध या दाल तो तुमने अपने ऊपर नहीं गिरा ली।

–गिरा लेती तो? स्त्री शरारतन बोली।

–तो अच्छी पिटाई होती तुम्हारी, दूध और दाल कितने महँगे हो गये हैं पता है तुम्हें? पुरुष ने भी शरारत की।

स्त्री ने बनावटी ग़ुस्सा दिखाया—अच्छा! पिटाई होती ऐं और दवाई नहीं होती?

–हाँ, बाद में दवा भी हो जाती।

–मैं कोई छोटी बच्ची हूँ, जो मेरी पिटाई होती?

–जो चूहे से डर जाये वह बच्ची नहीं, तो और क्या है?

–हाँ, मुझे तो बचपन से ही चूहों से डर लगता है। पता है उन दिनों हमारे पड़ोस में एक साउथ-इंडियन फेमिली रहती थी। एक रात उनके छोटे-से बच्चे का अँगूठा एक चूहे ने कुतर लिया था बस, तभी से चूहे से बहुत डरने लगी हूँ मैं तो।

–चूहा अँगूठा कुतर लेता है? पुरुष ने आश्चर्य किया।

–हाँ, मैंने खुद देखा था।

–मैंने तो आज ही सुना।

पुरुष कान खुजलाता हुआ बाहर चला गया। पर जाते-जाते, स्त्री का ही कहा हुआ, एक पुराना वाक्य उस पर उछालता गया—ज़िन्दगी तो बहादुरी से जी जाती है, जानेमन।

स्त्री ने वाक्य का सिरा पकड़ा और अतीत में पहुँच गयी। उस दिन स्त्री को सेवा-निवृत्त होना था। विदाई-पार्टी के बाद जब उपहार में मिले ट्रांजिस्टर के साथ वह बाहर आयी, तो पुरुष स्कूटर लेकर उसकी प्रतीक्षा कर रहा था। स्कूटर स्टार्ट करते हुए उसने कोमलता के साथ कहा था—देख रही हो, आज तुम्हें दूसरी बार विदा कराके ले जा रहा हूँ। वो भी सरकार से।

स्त्री उसके रूमानी लहजे से लजा गयी थी, पर प्रेम के गहरे अहसास ने उसे ऊपर, गले तक भर भी दिया था—इसी तरह हमेशा विदा कराके ले जाते रहना, कभी अपने से विदा मत कर देना।

शब्दों ने करुणा उत्पन्न कर दी थी।

–इस विदा पर, उस विदा की बात क्यों कर रही हो? दोनों अलग बातें हैं। यह विदा 'करायी' जाती है और वह विदा 'हो' जाती है, सो भी अचानक, बिना इन्तज़ार के। उसकी बात करके मुझे तकलीफ़ में मत डालो।

–अब नहीं करूँगी। लेकिन किसी भी विदाई से क्या डरना? ज़िन्दगी तो बहादुरी से जी जाती है, और विदाई भी बहादुरी से ही होनी चाहिये, जानेमन।

रिटायर हो जाने के बाद दोनों को अपने-अपने कामों से फ़ुरसत मिल गयी थी और दोनों ने अपने को व्यस्त रखने की ख़ातिर, कुछ नये शग़ल तलाश लिये थे। पुरुष ने हिन्दी अख़बार में छपनेवाली शब्द-पहेली भरना और मूँछों को कॉस्मेटिक लगाकर कड़क बनाये रखना, अपनी दिनचर्या में जोड़ लिया था। स्त्री टीवी की तुलना में ट्रांजिस्टर से अधिक मोह रखने लगी थी। सुबह उठकर चाय के साथ ही गीत-संगीत शुरू हो जाता था, निम्मी मिश्रा, अमरकान्त, राजेन्द्र, यूनुस खान, ममता सिंह उसके रेडियो-मित्र बन चुके थे और 'स्कूल चलें हम' स्त्री का सिगनेचर-साँग हो गया था। वह किचिन में जाती तो गाते हुए जाती, 'स्कूल चलें हम'। बाथरूम में भी यही साँग चलता और बाज़ार जाते वक़्त भी। वह कहीं भी जाये, अपने संगीत में स्कूल ही जा रही होती।

रिटायर होने के साल-भर बाद भी प्रॉविडेंट फँड, ग्रेच्युटी और पेंशन का हिसाब नहीं बनाया था दफ़्तर ने। वे बड़े कसैले दिन थे। वेतन बन्द हो गया था और पेंशन शुरू नहीं हुई थी। स्त्री ने तय किया कि मकान का आधा हिस्सा किराये पर उठा दिया जाये, तो हज़ार-बारह सौ का जुगाड़ हो जाएगा। और कुछ ख़र्च घटा दिये जाएँ, तो थोड़ा वहाँ से भी बचाया जा सकता है। पुरुष ने भी कुछ उपाय किये। स्कूटर का प्रयोग घटाकर पेट्रोल-खपत पर पाबन्दी लगायी गयी। केबल हट गया, किताबें ख़रीदने का शौक़ रोक दिया गया और मोबाइल फ़ोन में बीस-तीस रुपये के वाउचर डलाये जाने लगे।

पुरुष की दिनचर्या में तब्दीली आ गयी थी। सुबह उठकर टहलने जाना, लौटकर चाय और अख़बार के साथ थकान दूर करना, नहाने के बाद शब्द-पहेली भरना। दोपहर के भोजन के बाद दो घंटे सोना, उठकर टीवी पर कुछ देखने की बजाय, चाय के साथ ट्रांजिस्टर पर गीत सुनना। स्त्री ने झाड़ू-पोंछेवाली बाई को छुड़ाकर खुद ही काम सँभाल लिया था। पुरुष ने आपत्ति की तो स्त्री ने उमंग से बताया था कि इससे शरीर फ़िट रहता है। झुकने-मुड़ने का अवसर मिलता है, वरना किचन में खड़े-खड़े रीढ़ की हड्डी और घुटने दुखने लगते हैं। कमर अकड़ जाती है।

इस पर भी ख़ालीपन ने साँप बनकर उन दोनों को अपनी गुंजलक में लपेटे रखने में कोई कोताही नहीं की थी। शुरू-शुरू में तो वह एक सामान्य साँप ही रहा,

पर धीरे-धीरे उसका आकार और भार बढ़ता गया और वह एनाकोंडा होता चला गया।

बरामदे में सेंटर-टेबल पर अख़बार के साथ सीस-पैंसिल की स्थायी-उपस्थिति बनी रहती। शब्द-पहेली में तीस-चालीस शब्द भरने पड़ते, जिनकी खोजबीन में पुरुष मसरूफ़ रहता। कभी-कभी शब्दों की तलाश में वह किचन में जा धमकता और स्त्री को गीत की धुन से उठाकर, शब्द पहचानने में मदद करने के लिये, इसरार करता। 'अगर तुम मिल जाओ ज़माना छोड़ देंगे हम' की पंक्ति ट्रांजिस्टर के साथ-साथ गुनगुनाते हुए, वह पुरुष को चुप रहने का इशारा करती। पुरुष ट्रांजिस्टर बन्द करते हुए गाता—मैं मिल गया हूँ, अब ट्रांजिस्टर छोड़ दो तुम। भारी माथापच्ची के बावजूद पहेली का एकाध प्रकोष्ठ खाली रह ही जाता और पुरुष उसके लिये सारा दिन हलकान रहता। मूँछ उमेठते हुए, खाली प्रकोष्ठ पर ही अपनी नज़रें गड़ाये रखता, तब तक, जब तक कि उसे उपयुक्त शब्द न मिल जाता।

दो साल बाद जाकर पेंशन-फ़िक्सेशन हो सका। प्रॉविडेंट फँड और ग्रेच्युटी का एक चौथाई हिस्सा बैंक में जमा कर दिया गया, ताकि आकस्मिक ख़र्च चलाये जा सकें। बैंकों ने जमा रक़म पर दी जानेवाली ब्याज दरें इतनी गिरा दी थीं कि वे नाम-मात्र की रह गयी थीं। उनसे रुपये के वार्षिक मूल्य-अवमूल्यन का मुआवज़ा तक न निकल पाता था। बैंक आम लोगों को ठग रहे थे। सरकार बाज़ार के साथ गलबहियाँ डाले हुए थी। पुरुष बैंक नीति पर रुष्ट रहता था। उसने स्त्री को बताया कि यही पूँजीवाद है। यही बाज़ारवाद है। मध्यवर्ग अपनी बचत बैंक में न रखे, उसे बाज़ार में ले जाकर फूँक दे यही चाल इसके पीछे है। बाज़ारवाद के प्रभाव में देश की नीतियाँ रसातल में पहुँचा दी गयी हैं। खुलेपन का यही नतीजा है। ग्लोबल-विलेज हमारी जेबें काट रहा है और जेबकतरों का संसद में गुणगान चल रहा है।

पुरुष ने बैंकों को सबक़ सिखाने और थोड़ा ज़्यादा ब्याज पाने के उद्देश्य से अपनी रक़म का दो-तिहाई हिस्सा पोस्ट-ऑफ़िस में जमा करा दिया था। मासिक ब्याज वापसी योजना से घर के खर्चे चल रहे थे। स्त्री का आप्त-वाक्य उसे शक्ति देता था कि अगर किसी का कर्ज़-उधार न देना हो, तो कम से कम रुपयों में भी घर, मज़े से चलाया जा सकता है।

अगले महीने किरायेदार आ गये। छोटा परिवार था, पति-पत्नी और तीन-चार साल का एक बच्चा। बस। वे ट्रांसफ़र होकर आये थे। पति सुबह नौ बजे काम पर चला जाता। किसी उद्योग में था। पत्नी घर के काम-काज में लगी रहती। बच्चा कॉमन

बरामदे का फ़ायदा उठाकर इस तरफ़ चला आता, जहाँ पुरुष शब्द-पहेली से भिड़ा होता और स्त्री सब्ज़ी वगैरह काट-छाँट रही होती। फूले हुए गाल और तोतली भाषावाला वह बच्चा, उन दोनों को मोहित कर चुका था। बच्चे की माँ ने उसे सिखा दिया था कि वह उन्हें दादा-दादी कहा करे। बच्चा 'दादा' और 'दादी' शब्द का ऐसा मनभावन उच्चारण करता था कि वे निहाल हो जाते। कलेजा मुँह को आने लगता। थोड़े से सीखे हुए शब्दों की पूँजी से ही वह बच्चा अनगढ़ वाक्यों का निर्माण करता और ढेर सारी बातें कहना चाहता। वे उसकी बातों में डूब जाते और अपने कामों को भूल ही जाते।

बच्चा अक्सर पुरुष से कहानी सुनने की माँग करता। कहानी सुनने के लिये बच्चा जितना उतावला होता, उससे कहीं ज़्यादा उतावला तो सुनाने के लिये पुरुष होता। वह उसे गोद में बैठा लेता और बड़े चाव से कहानियाँ सुनाता। जल्दी ही उसका कहानियों का निजी स्टॉक ख़त्म हो गया, तब पुरुष ने एक नयी जुगत भिड़ायी और अख़बार के रविवारी अंक से कहानियाँ और कविताएँ काट-काट कर रखना शुरू किया। वह उन्हीं से बच्चे को कहानियाँ और कविताएँ सुनाता और उन्हें किफ़ायत के साथ हफ़्ते भर चलाता रहता। इतनी किफ़ायत से, जितनी किफ़ायत से स्त्री घर चला रही थी।

बरसात के ऊदे दिनों में एक दिन, बच्चा जब स्त्री की गोद में आया तो स्त्री ने अनुभव किया कि उसके कपड़े पूरी तरह सूखे हुए नहीं हैं। स्त्री बच्चे को किचन में ले गयी। उसके कपड़े उतारे, तौलिया लपेटकर उसे कुर्सी पर बैठाया और कपड़े गैस-चूल्हे पर गर्म करके दोबारा पहनाये। बादल-पानी के कारण धूप नहीं निकलती थी और कपड़े सुखाने की समस्या बनी ही रहती थी। स्त्री बाज़ार गयी और कपड़े सुखाने का स्टैंड लाकर बरामदे में रख दिया। स्टैंड केवल बच्चे के कपड़ों के लिये रिज़र्व कर दिया गया।

बच्चे ने उस स्टैंड को बहुत पसन्द किया। उसके ज्ञान में वह पहली बार प्रवेश कर रहा था। बच्चे ने अपनी ज़रूरत का आविष्कार कर लिया और उसका झूले की तरह प्रयोग करने लगा। वह लोहे की छड़ पकड़कर लटक जाता और झूलने की कोशिश करता। तब पूरा का पूरा स्टैंड ही इधर-उधर डोलने लगता। एक दिन उसे इस तरह झूलता हुआ देखकर, बच्चे की माँ ने डाँट लगायी कि इस तरह तो वह अपने हाथ-पैर ही तोड़ लेगा। माँ ने उसे स्टैंड से उतार दिया। गुस्से में ज़रा झिंझोड़कर। बच्चा रोते हुए दादी-दादी करता हुआ स्त्री के पास चला गया। स्त्री ने उसे पुचकारा और उसकी माँ को झूठ-मूठ की डाँट पिलायी। मनाया। चुप कराया।

एक ऐसी दोपहर में, जब बरामदा सूना था, कपड़े सुखाने का वह स्टैंड धड़ाम

से गिरा और उसी के साथ बच्चे के चीख़ने की आवाज़ भी आयी। वे तीनों के तीनों भागकर वहाँ पहुँचे और स्टैंड में फँसे हुए बच्चे को निकाला। बच्चा बुरी तरह रो रहा था। वह खेल के बिगड़ जाने और फिर उसके हादसे में बदल जाने के कारण, एक भयपूर्ण अचम्भे में दाख़िल हो गया था। इसीलिये डर गया था और रोकर उस डर से बाहर आने की जुगत कर रहा था। इस तरह वह अपने संसार की आनन्ददायी चीज़ों के ही, अचानक पीड़ादायी चीज़ों में बदल जाने की प्रवृत्ति से परिचित होने की प्रक्रिया में था। अभिभावकों ने उसे ख़तरे में देखा। ग़ुस्सा हुए। दुखी हुए। डाँट-फटकार हुई। बच्चे की माँ को रोना आया। स्त्री ने उस दिन को कोसा जब वह स्टैंड ख़रीदकर लायी थी। स्टैंड बरामदे से उठाकर अन्दर कमरे में रख दिया गया, ताकि बच्चे की पहुँच से दूर रहे।

बच्चे की झूलने की इच्छा को जानकर, पुरुष ने रस्सा बाँधकर देसी झूला तैयार कर दिया और बच्चे को उसमें बैठाकर झुला दिया। बच्चे को मज़ा आ गया और झूलना ही, कुछ दिनों के लिये उसका प्रिय खेल बन गया। कुछ दिनों के लिये इसलिये, क्योंकि किसी एक चीज़ पर रमे रहना बच्चों की फ़ितरत में नहीं होता। वे किसी नयी चीज़ के प्रति आकृष्ट होते ही, पुरानी चीज़ को रदद् कर देते हैं।

तीन-चार दिन के अन्दर ही गिरने और चोट खाने की बच्चे की मुराद, दोबारा पूरी हो गयी। इस बार वह सामने के आँगन में दौड़ते हुए गिरा और अपना घुटना छिलवा बैठा था।

पुरुष हमेशा की तरह शब्द-पहेली में सिर खपा रहा था। वह सीस-पेंसिल और अख़बार लिये-लिये ही दौड़ा, बच्चे को उठाया और अन्दर ले जाकर ख़ून साफ़ कर बोरोप्लस लगाया। मुँह से फूँककर ठंडक पहुँचायी, खाने के लिये जेम्स की गोलियाँ दीं। दो-तीन दिनों में चोटवाली जगह पर पपड़ी आ गयी, पर बच्चे ने इसमें से ही एक नये खेल का आविष्कार कर लिया। वह पुरुष को देखते ही रोनी सूरत बनाकर रुँधे गले से 'दादाजी-दादाजी' की पुकार लगाता हुआ आता और चोटवाली जगह पर फूँकने के लिये कहता। पुरुष ने भी इस नक़ली खेल में असली रस ईजाद कर लिया था।

थोड़ी देर बाद बच्चा बताता—दादू, थीक हो गया।

फिर खुद ही पूछता—कैसे थीक हुआ?

पुरुष कहता—जादू से। हम हैं जादूगर छू-मन्तर मारकर सब ठीक कर देते हैं। जय काली कलकत्तेवाली, तेरा वचन न जाये खाली। छू।

बच्चा हँसता और मन्त्र को संक्षिप्त बना देता—जै काली...।

पुरुष ने माली को तलाशा और सामने की खुली जगह में उसे लॉन-ग्रॉस

लगाने का काम दे दिया, ताकि बच्चा वहाँ गिरे तो उसे चोट न आये। माली से बात तय कर लेने के बाद वह अपनी शब्द-पहेली भरने बैठ गया। उसने एक बैठक में पहेली के सारे खाने भर डाले। ऐसा पहली बार हुआ था। वह आनन्द में उमगता हुआ किचन में पहुँचा और स्त्री से बोला—देखो एक भी खाना खाली नहीं है।

स्त्री प्रशंसों से मुस्कुरायी, कहा—शाबाश मेरे हीरो।

–अगर एक बॉक्स भी खाली रह जाये तो मुझे-दिन भर अच्छा नहीं लगता।

–कोई बॉक्स खाली रहना भी नहीं चाहिये। ज़िन्दगी का हर डब्बा भरा हुआ ही हो।

–यस माइ फ़िलॉसफ़र वाइफ़ यस। यू आर हंड्रेड परसेंट करेक्ट।

साल-भर का समय बच्चे की संगत में कूदता-फ़ाँदता न जाने कब निकल गया। बच्चे की माँगें बढ़ती गयीं और शौक़ भी। उसकी माँ कभी-कभी कहती भी, कि आप लोग इसकी इतनी बातें न माना करें, यह ज़िद्दी होता जा रहा है।

स्त्री समझा देती—बच्चा ही तो है। अभी उम्र ही क्या है उसकी? बड़ा होगा तो सब समझने लगेगा। हम सब भी तो कभी बच्चे ही थे।

पिछले दिन बच्चे ने आसमान में उड़ती हुई पतंगों को देखा था और उन्हें देखकर उसके मन में भी पतंग उड़ाने की आकांक्षा पैदा हो गयी थी। उसने पुरुष के पास आकर कहा था—दादाजी, हम भी पतंग उलाएँगे। फिर क्या था, पति-पत्नी बाज़ार गये। धागा, माँझा, पतंग ख़रीदे गये। पौंड्स पावडर का पुराना खाली डब्बा तलाशा गया। खाली न मिला तो पावडर उलटकर दूसरे डब्बे में रखा गया और डोर लपेटी गयी। फिर जोते बाँधे गये और पतंग उड़ायी गयी। पुरुष के साथ बच्चा पूरी शाम पतंग उड़ाता रहा!

सुबह पुरुष अख़बार पढ़ डालने के बाद शब्द-पहेली से जूझ रहा था। उसे एक खाने में 'सिफ़ारिश' शब्द के लिये संस्कृत शब्द भरना था और वह सूझ नहीं रहा था। शुरुआत में ही अटक जाना उसके लिये परेशानी का सबब बन चुका था। उसने किचन में जाकर स्त्री से भी पूछा, वह खाना पकाने की तैयारी में थी और एक काम करते हुए दूसरा दिमाग़ी काम करने पर उसने कभी भी तवज्जो न दी थी। वह तुरन्त ही न बता सकी, कहा कि दोपहर में जब फ़ुरसत होगी, उस वक़्त वह ज़रूर सोच लेगी। वह फिर बरामदे में आ जमा और सीस-पेंसिल से कान खुजाता रहा, मूँछ की नोक भी साधता रहा।

बच्चे की पतंग की कमान के पास का हिस्सा फट गया था। बच्चा दुखी हो गया और अपना दुख तथा फटी पतंग, दोनों को लेकर, अपनी जानी-पहचानी जगह पहुँच गया।

–दादाजी!

बिना उसकी ओर देखे पुरुष ने कहा—हाँ, बेटे।

–हमाली पतंग तो फत गयी, जोल दीजिये न।

पुरुष 'सिफ़ारिश' के लिये संस्कृत शब्द तलाशता रहा।

–दादाजी!

–हाँ बेटे। इस बार बच्चे को भी देखा।

–पतंग फट गयी।

–अरे ये कैसे हुआ?

–पता नईं जोल दीजिये न।

–जोड़ दूँ? पर काये से चिपकायें, चिपकाने के लिये गम तो है नहीं बेटा।

–है तो।

–गम नहीं है बेटे, ऐसा करते हैं कि शाम को मार्केट से ले आएँगे, तो चिपका देंगे ठीक?

–आपके पाछ है ना।

–कहाँ है, भइया? होती तो हमें पता होता न।

–आप उससे मूँछें तो जोलते हैं।

पुरुष आँखें फाड़े देखता रह गया फिर हँसा और उसे गोद में उठाकर किचन में जा पहुँचा—सुन लो, अपने इन छोटे नवाब साहब की बातें ज़रा सुन लो। ये साहब हमारे कास्मेटिक से अपनी पतंग जोड़ेंगे। कहते हैं कि पतंग फट गयी है तो जिससे आप अपनी मूँछें जोड़ते हैं उसी से इनकी पतंग जोड़ दें।

वे देर तक हँसते-खिलखिलाते रहे और बच्चा हैरान कि चिपकाने की बजाय दादा-दादी हँस क्यों रहे हैं। पतंग जोड़ते क्यों नहीं।

बच्चे का संग पाकर स्त्री भी अपनी आन्तरिकता में खिल गयी थी। वह विगत-यौवना से पुनः आगत-यौवना बन चुकी थी। स्त्रियाँ अपने जीवन में दो बार खिलती हैं, पहली बार एक सम्पूर्ण पुरुष का प्यार पाकर और दूसरी बार बच्चे पर अपना वात्सल्य लुटाकर। उसकी सुबहें मुन्ने से शुरू होतीं और दिन मुन्ने से ही पूरे होते। वह सोने से पहले, आनेवाली सुबह में मुन्ने के लिये क्या करना है, उससे किया गया कौन-सा वादा निभाना है, याद करती। योजना बनाती। पुरुष से डिस्कस करती। तब इसलिये सो जाने का यत्न करती कि इन सब बातों को पूरा करने के लिये सुबह जल्दी जागना है। जागने के लिये सोना कितना अनोखा होता है, यह बात उसके सिवाय और कौन जान सकता था?

ऐसे दिन पहले कभी न थे।

वे बाज़ार जाते, तो उनके सौदों में मुन्ने की ज़रूरतों का सामान भी शामिल हो जाता। वे घूमने जाते, तो मुन्ना पहले तैयार होकर आ खड़ा होता। वे अड़ोस-पड़ोस में जाते, तो वह भी साथ जाता। बहुत से लोग यही समझते थे कि वह उनका पोता है। पर जैसे कि हर खुशी के साथ होता है, यह खुशी भी अल्पकालिक ही साबित हुई। अच्छे दिन आते तो हैं, पर जाने की तैयारी के साथ ही आते हैं।

एक दिन मुन्ने के पिता ने उनके पास बरामदे में बैंत की कुर्सी पर बैठते हुए कहा—अंकल, खुशखबरी है।

-सुनाइये-सुनाइये, हम तो हमेशा खुशख़बरें ही सुनते रहना चाहते हैं।

-मेरा ट्रांसफ़र हो गया है।

दोनों का दिल 'धक्क' से रह गया।

वे बताते रहे—मैंने हेड-क्वार्टर तक एप्रोच लगायी थी। आज सफलता मिल ही गयी। शायद चार-पाँच दिन में रिलीव हो जाऊँ।

वे दोनों रात-भर नहीं सोये। उनसे खाना भी नहीं खाया गया। स्त्री तो किचन में ही नहीं गयी। वे बिस्तरों पर ख़ामोश पड़े रहे। बातें करने के सारे विषय ख़त्म हो चुके थे। ट्रांजिस्टर पर 'विविध भारती' चलता रहा। गाने बजते रहे—'तुझसे नाराज़ नहीं ज़िन्दगी, हैरान हूँ मैं।'

गानों की आवाज़ें कहीं से आती रहीं और कहीं जाती रहीं। वे न जाने किसके लिये आ रही थीं। आज उनका समर्पित श्रोता उनसे बेज़ार था।

घंटों बाद स्त्री ने मरी-सी आवाज़ में कहा—हम कुछ ज़्यादा ही इन्वॉल्व हो गये थे, नईं?

-हाँ, सोचा ही नहीं कभी कि वह एक दिन चला जाएगा।

-चला जाएगा तो, बहुत सूना-सूना लगेगा?

-हाँ।

-हम भूल गये थे कि वह हमारा नहीं है।

-हमारा भी होता, तो उसे भी इसी तरह अपने माता-पिता के साथ कहीं न कहीं जाना ही पड़ता।

-ऐसे कैसे जाना पड़ता? मैं जाने ही नहीं देती। रोक लेती।

पुरुष ख़ामोश रहा। भ्रमों का भी कोई जवाब होता है?

ज़रा देर बाद स्त्री ने सवाल किया—बच्चा हमें याद रहेगा।

-हाँ, बच्चा भी हमें याद करेगा।

-कहीं बीमार न पड़ जाये?

-भूल जाएगा। बच्चे नयी जगह जाकर भूल जाते हैं। वहाँ उसके दादा-दादी

तो हैं ही उनमें रम जाएगा।

वे ख़ामोश हो गये।

पुरुष ने कहा—अच्छा अब सो जाओ, अभी तो चार-पाँच दिन हैं वे लोग।

स्त्री चुप रही। कुछ देर के बाद पुरुष ने पूछा—सो गयीं क्या?

-हाँ, सो रही हूँ। स्त्री ने ट्रांजिस्टर बन्द कर दिया। गाना अधूरा रह गया-'रहें न रहें हम, महका करेंगे, बनके कली, बनके सबा, बाग़े वफ़ा में...

-अच्छा। पुरुष ने करवट बदल ली और अँधेरे में आँखें बन्द कर सोने की कोशिश करता रहा।

कोशिशों से भी कहीं नींद आती है।

वह धोखेबाज़ दिन भी आया, जिसे नहीं आना था। वे लोग चले गये। स्त्री ने बच्चे के लिये कपड़े, मिठाइयाँ, टॉफ़ी आदि रखे। उस दिन मुन्ना स्त्री की गोद छोड़ने को तैयार न था। किसी अज्ञात शक्ति ने उसे अहसास करा दिया था कि अब दोबारा उनसे मिलना नहीं होगा। मुन्ना के माता-पिता तो अपने शहर जाने की उत्फ़ुल्लता से सराबोर थे, वे स्त्री-पुरुष की आन्तरिक स्थितियों से बेख़बर ही थे। उन्हें उससे लेना-देना ही क्या था? वे किरायेदार थे। भाड़ा देकर रहते थे और पूरा-पूरा चुकाकर जा रहे थे। हाँ, यह ज़रूर था कि परदेस में वे दोनों उनके काम आये थे। इसी बात को ध्यान में रखते हुए मुन्ने की माँ ने मिठाई का डिब्बा स्त्री के हाथों में पकड़ाते हुए कहा था—आप लोगों ने हमारा बहुत ख़याल रखा। आजकल के मकान-मालिक ऐसे कहाँ होते हैं? हम आप लोगों को भूल नहीं पाएँगे। चिट्ठी लिखेंगे।

स्त्री और पुरुष अन्दर से ज़ार-ज़ार रो रहे थे। वे समय को आगे खिसकने से रोक लेना चाहते थे, पर उनके किये कुछ भी नहीं हो रहा था।

चलते समय उन लोगों ने औपचारिक होकर कहा—आप लोगों ने हमें माता-पिता का प्रेम दिया। हम यहाँ घर जैसे रहे। हमें भूल मत जाइएगा।

स्त्री का तो कलेजा मुँह को आ रहा था। ऑटो में बैठते समय मुन्ने को लेने जब उसकी माँ आयी, तब वह मचल गया। चीख़ने लगा और स्त्री के गले में बाँहें डालकर, पूरी शक्ति से चिपक गया। स्त्री के आँसू ढुलक आये। मुन्ना के पिता ने ही मुन्ना को जबरन खींचकर गोद से अलग किया। वह ऑटो से हाथ फैलाकर और झाँक-झाँक कर रोता रहा। वे अपनी जगह पर गड़े रहे। ऑटो ओझल हो गया, तब भी। वे वहाँ से हिल तक न सके। यों उनके अन्दर का सब कुछ हिल चुका था।

बरामदा सूना और घर वीरान हो गया। सन्नाटा स्थायी भाव बनकर पसर गया। काम ख़त्म हो गये। व्यस्तताएँ गुम हो गयीं। बातें समाप्त हो गयीं। वे घंटों

बैठे रहते और मुँह से एक शब्द तक न निकलता। बेंत की कुर्सियों की पुश्त पर ढेर होकर पड़े रहते। ख़ामोश। ट्रांजिस्टर धूल खाता रहा। उसकी मधुर आवाज़ें खो गयी थीं।

एक दिन पुरुष ने कहा—ऐसे तो तुम बीमार पड़ जाओगी। जो चीज़ हमारी नहीं थी, उसके लिये इतना दुख क्यों? उसे तो जाना ही था। हम ही उसे अपना समझ बैठे थे। ग़लती हमारी ही थी। हमें इतना इन्वॉल्व नहीं होना चाहिये था। अपने को सँभालो और मुझे भी। पुरुष ने थोड़ा मज़ाक़ भी जोड़ दिया—ज़रा देखो तो मेरी दशा, तुमने तो आजकल मुझ पर ध्यान देना ही छोड़ दिया है। मैं बेठिकाना हो गया हूँ।

स्त्री मुस्कुरा दी—झूठे कहीं के!

–हाँ, अब ठीक है। मुझे भरोसा हो गया कि तुम्हें मैं याद हूँ। मेरा भी कोई वजूद है भाई।

–अच्छा एक बात सुनिये।

–हाँ-हाँ, दो सुनाइये।

–अब कभी मकान किराये पर नहीं देंगे।

–ठीक है, नहीं देंगे। तुम्हीं ने कहा था कि दे दो, तो दिया था। अब कहती हो तो नहीं देंगे।

अगली सुबह बुझे मन से चाय के गर्म प्याले पीते हुए स्त्री ने पूछा—आजकल शब्द पहेलियाँ नहीं भरते?

–ध्यान नहीं रहता। सीस भी गुम गयी है, दिखाई नहीं पड़ रही। और तुम भी तो गाने नहीं सुनतीं।

–शायद बैटरी ख़त्म हो गयी है।

–किसकी? तुम्हारी या ट्रांजिस्टर की?

–दोनों की।

–चलिये चार्ज करा देते हैं।

स्त्री मुस्कुराकर चुप हो गयी। वहाँ ख़ामोशी तैरने लगी।

ज़रा देर बाद स्त्री ने कहा—सुनिये।

–हाँ।

–एक बात कहें?

पुरुष मुस्कुराया—बातों की कोई राशनिंग है क्या?

–हमें कोई बच्चा गोद ले लेना चाहिये।

पुरुष चैतन्य हुआ—पक्की बात कर रही हो?

–हाँ।

–कैसे मन हो गया, पहले तो तुम झिझक रही थीं।

–'सखी-सहेली' वालों का भी कहना है कि हमें बच्चा गोद ले लेना चाहिये। मैंने उन्हें चिट्ठी लिखकर पूछा था।

–हूँ। तो ये 'सखी-सहेली'वाले हमारे घर में घुसे हुए हैं...एँ?

–ले लें?

–हाँ, ले सकते हैं, पर किसे ले लें? रिश्तेदारों में देखें क्या?

–रिश्तेदार तो खुद ही चाहते हैं कि हम उनका बच्चा गोद ले लें?

–कौन?

–आपके भाई हैं, मेरे भाई हैं।

–हाँ, मैंने भी महसूस किया है। तुम क्या कहती हो?

–मेरा ऐसा सोचना है कि हम लोग बिल्कुल छोटा-सा बच्चा गोद लें और वह ऐसा हो कि कोई यह न जाने कि वह किसका बच्चा है? खुद वह भी कभी यह बात न जान पाये।

–हूँ। पर क्या तुमने अपना मन पूरी तरह बना लिया है? कहीं बाद में पछतावा न हो।

–नहीं होगा। मैं रात-भर सोचती रही हूँ। मन बना लिया है। यही ठीक होगा। हमें अपने जीवन का तक़ाज़ा तो चुकाना ही होगा। हमें यह जीवन इसीलिये मिला है, कि बदले में हम भी एक जीवन पालें-पोसें।

–अरे वाह! कभी-कभी तुम कितनी ऊँची बातें करती हो रियली, आई प्राउड ऑफ़ यू।

–ऊँची बातें हैं या नहीं, यह तो नहीं मालूम, परन्तु यह ज़रूर मालूम है कि क़ुदरत के इस चक्र में अगर हमारी भागीदारी नहीं हो सकी, तो हम शायद मनुष्यता से वंचित रह जाएँगे।

–हाँ, अपने बचपन को दोबारा जीने से तो रह ही जाएँगे।

–दूसरा बचपन!

–हमारा अपना बचपन तो सूख ही चुका है, उसकी यादें तक उड़ चुकी हैं। ज़रा देखो तो, यह आपाधापी वाली ज़िन्दगी, हमसे क्या-क्या छीन लेती है और हमें पता तक नहीं चलता।

–हाँ, अब समझ में आ रहा कि पेड़ क्यों अपने फलों को पकाकर नीचे गिरा

देते हैं। फल क्यों बीजों को ज़मीन पर उगल देते हैं और धरती क्यों उन्हें फिर से अंकुरित कर देती है।

पुरुष ने उत्साह से कहा—यही ज़िन्दगी है। और ज़िन्दगी की फ़िलॉसफ़ी भी यही है।

-नहीं, मैं तो जीवन के सत्य की बातें कर रही हूँ। हमें भी क़ुदरत का क़र्ज़ चुकाना होगा। हमें कम-से-कम एक जीवन को पाल-पोसकर, इस संसार को भेंट करना ही होगा।

पुरुष मौन रहकर उसे निहारता रहा।

स्त्री ने कहा—हम एक बच्चा गोद लेंगे।

उसकी आवाज़ में हिमालय की दृढ़ता थी।

पुरुष ने कहा—हाँ, हम एक बच्चा गोद लेंगे।

विविध भारती पर गीत बज रहा था-'तेरे बिना ज़िन्दगी से कोई शिकवा तो नहीं शिकवा नहीं, पर तेरे बिना ज़िन्दगी भी, ज़िन्दगी तो नहीं।'

वे दोनों कबाड़ हो चुकी लैंबी स्कूटर पर सवार थे। पुरुष इधर-उधर, खोजती-सी नज़रों के साथ, स्कूटर की गति को कम-से-कम रखते हुए चल रहा था, जबकि पिछली सीट पर बैठी हुई स्त्री, अपने सामने की ओर पड़नेवाले साइन-बोर्डों को पढ़ने में व्यस्त थी। पुरुष की नज़र अचानक ही उस बोर्ड पर पड़ी, जिसे वे खोजने निकले थे।

उसने कहा—मिल गया।

स्कूटर रुका। पहले स्त्री उतरी, फिर वह। स्त्री ने बोर्ड पढ़ा—हाँ, 'आश्रय' ही तो लिखा है।

-चलो।

पुरुष ने सड़क पर खड़े स्कूटर को स्टार्ट करने की कोशिश की। चार-पाँच किक् खाकर स्कूटर स्टार्ट हुआ। वे फिर सवार हुए और स्कूटर अपनी खड़खड़ की ध्वनि के साथ, दोपहर के सन्नाटे को धकियाता हुआ, ढलान उतरने लगा। वह बँगला सड़क से सौ-सवा सौ मीटर अन्दर था। सदर के बँगलों का यही वास्तु-शिल्प है। अंग्रेजों की रुचि की धरोहर।

बँगले के सामने पहुँचकर स्कूटर रुका। वे उतरे। स्त्री ने साड़ी का पल्ला ठीक किया, आदतन। पुरुष ने अपनी दुर्बल काया का पूरा ज़ोर लगाकर स्कूटर स्टैंड किया। सहज होने में उन्हें कुछ पल लगे। पुरुष ने अपने सफ़ेद बालों को हथेली से

ही एक तरतीब देने की कोशिश की। मूँछों पर उँगलियाँ फिरायीं। स्त्री ने चप्पल में पैर के अँगूठे को ठीक से फँसाया। पल्ला एक बार और सुधारा और कहा–चलिये।

भव्यता और सूनेपन की व्यापकता के बीच, वहाँ मौजूद हल्की-सी चहल-पहल को उन्होंने दूर से ही महसूस किया। सीढ़ियाँ तो तीन-चार ही रही होंगी, पर उन्हें लगा कि वे किसी न्यायालय की असंख्य सीढ़ियाँ चढ़ रहे हैं। चीप-पत्थर की सुघड़ सीढ़ियाँ वे अभी पूरी तरह चढ़ भी नहीं पाये थे, कि सफ़ेद कपड़ों की यूनीफ़ॉर्म-सी लगनेवाली शर्ट-पैंटवाला, एक दरम्यानी उम्र का आदमी स्टूल से उठकर खुद ही उनकी तरफ़ चला आया। एक व्यावसायिक मुस्कान से उसने उनका स्वागत किया—आइये साहब।

–हमें 'आश्रय' में... ?

–हाँ-हाँ, यह आसरय ही है और मैं उसका एक साधारण-सा कारकरता, आइये आपका सुआगत है जी।

वह घूमकर आगे हो गया और वे दोनों उसके पीछे हो लिये। पुरुष ने एक बार और कॉलर ठीक की और बालों पर हाथ फेरा। स्त्री ने पर्स खोला और आँखों पर लगा गॉगल उतारकर उसमें सरका दिया।

उस कार्यकर्ता के पीछे-पीछे चलते हुए वे जिस बड़े से कक्ष में पहुँचे, वहाँ आबनूस की एक भारी-भरकम मेज़ और पुराने डिजाइन की चन्द कुर्सियाँ क़रीने से रखी हुई थीं। फ़र्नीचर पुराने शिल्प का था। ख़ामोश और अन्तर्मुखी-सा। उन पर भूरे रंग का पॉलिश इतनी बार किया जा चुका है कि उसकी मोटी तह के नीचे लकड़ी का अपना जिस्म दब चुका था और वहाँ पर आईनेवाली चमक जैसी चिकनाहट आ गयी थी। ग़ौर से देखें तो प्रतिबिम्ब भी दिखायी देता था। कमरे में एक क़िस्म की बुसी-बुसी-सी गन्ध का स्थायी डेरा था। ऐसी गन्ध पुराने रंग-रोग़न और पुरानी किताबों के पन्नों से आती है। मगर बुरी नहीं लगती। कमरे का छप्पर मोटी-मोटी शहतीरों पर धरा हुआ है, उसके भार से मुख्य शहतीर में ज़रा-सा झुकाव भी आ गया है। उसी झुकी हुई शहतीर पर कबूतरों ने अपना मुकाम बना लिया है। वे वहाँ बैठे थे और गर्दन झुकाकर, कमरे में आये हुए लोगों का जायज़ा ले रहे थे। बड़े आकारवाली एक पुरानी घड़ी इन सब बातों से अलहदा रहते हुए टिक्-टिक् करने और सुइयों को एक लय के साथ खिसकाने में व्यस्त थी। ऐसा लगता था कि उसे अपने काँटों को खिसकाने में बहुत मेहनत करना पड़ रही है। जिस शहतीर पर कबूतरों का घर था और जो ज़रा-सी झुक भी चुकी है, उसी पर खूब चौड़ी और लम्बी ब्लेडोंवाला धूमिल रंग का एक पंखा मन्द गति से चक्कर खा रहा था। ऐसे, जैसे उसका मन घूमने का न हो। या ऐसे जैसे कि वह सब तरफ़ से निरपेक्ष होकर अपने में डूब

गया हो।

–आप लोग बैठिये, मैं सेकरेटरी साहब को ख़बर करता हूँ।

वे बैठ गये। इस बड़े कमरे से जुड़े हुए, उसके इर्द-गिर्द और भी कमरे थे। कुछ कमरे इस कमरे से भी बड़े होंगे, ऐसा अनुमान भी जगता था। उन कमरों में यहाँ की तरह ख़ामोशी न थी, बल्कि वहाँ चहल-पहल थी। वहाँ से, चलने-फिरने, उठाने-रखने और भाग-दौड़ करने की आवाज़ें आ रही थीं। कुछ आवाज़ों की जुगलबन्दी भी थी। स्त्री उन आवाज़ों का नोटिस लेते हुए गहरे वात्सल्य से मुस्कुरायी। पुरुष ने मुस्कुराने में उसका साथ दिया। इस तरह वे थोड़ा और सहज हो गये।

सेक्रेटरी साहब अन्दर कमरे से इस बैठक में आये। उनके चेहरे पर सौम्यता और मुस्कान घुल-मिलकर फैले हुए थे। वे दोनों खड़े हो गये, कहा—नमस्कार।

–नमस्कार! साहब तशरीफ़ रखिये।

वे सब बैठ गये। पहलेवाला आदमी एक ट्रे में पानी के गिलास लेकर हाज़िर हो गया।

सेक्रेटरी ने कहा—पानी पीजिये, बाहर तो बड़ी धूप है।

–जी हाँ, देखिये तो, इस साल मार्च के शुरू में ही इतनी ग़र्मी पड़ने लगी है, आगे न जाने क्या होगा।

इन दोनों ने पानी पिया।

–कहिये हुज़ूर मैं आपकी क्या ख़िदमत कर सकता हूँ?

'ख़िदमत' शब्द पर स्त्री का ध्यान गया। उसने सेक्रेटरी साहब को दोबारा ग़ौर से देखा। दरम्यानी क़द-काठी, प्रौढ़ आयु, साँवला रंग और तराशी गयी सफ़ेद पड़ जाने को आतुर अपनी दाढ़ी में, वे सौम्य और प्रभावशाली लग रहे थे। बातों से भले।

पुरुष ने कुछ कहने से पहले एक बार स्त्री की ओर देखा, तब कहा—असल में हम इसलिये आये हैं कि 'आश्रय' के बारे में कुछ जानकारी प्राप्त करें, न्यूजपेपर में तो पढ़ते ही रहते हैं। कुछ और ज़्यादा जानने की इच्छा हो गयी।

–यह तो बड़ी अच्छी बात है। हम भी चाहते हैं कि हमारे बारे में ज़्यादा से ज़्यादा जाना जाये। पर कम ही लोग होते हैं, जो ऐसी इच्छा रखते हैं या अपनी मसरूफ़ियत में से यहाँ आने का वक़्त निकाल पाते हैं। देख लीजिये, यह एक आश्रम जैसा ही है। यहाँ उन बच्चों की परवरिश की जाती है, जो अनाथ हो जाते हैं।

पुरुष ने गम्भीरता से कहा—अच्छा-अच्छा। तो उन अनाथ बच्चों को फिर ज़िन्दगी-भर यही रहना पड़ता होगा, है न?

–नहीं, सब को नहीं रहना पड़ता। कुछ बच्चों को गोद ले लिया जाता है।

–अरे वाह! चलिये गोद लेनेवाले लोग भी दुनिया में हैं, वरना सिनेमा के अलावा तो वे और कहीं दिखाई नहीं देते। कहकर पुरुष मुस्कुराया।

सेक्रेटरी ने भी मुस्कुराकर ही कहा—नहीं, गोद लेनेवाले भले लोगों की तादाद बढ़ी ही है, घटी नहीं। अब यह अलहदा बात हो सकती है कि हम उन्हें न देख पाते हों। यह ज़रा पोशीदा मामला भी है। ज़्यादातर लोग नहीं चाहते कि कोई जाने कि उन्होंने बच्चा गोद लिया है। इसलिये भी पता नहीं चलता।

–हाँ-हाँ।

ज़रा देर चुप रहने के बाद पुरुष ने कहा—हमारे एक दोस्त हैं। वे एक बच्चा गोद लेना चाहते हैं। क्या उन्हें मिल जाएगा?

–ज़रूर मिल जाएगा। पर उसके लिये उन्हें ही यहाँ आना पड़ेगा। हमसे बात करना पड़ेगी। हमारे कुछ क़ायदे हैं, उनको भी पूरा करना पड़ेगा।

–अच्छा-अच्छा! पुरुष सोच में पड़ गया, फिर बोला—समझ लीजिये कि हमें ही लेना हो, तो क्या हम ले सकते हैं?

सेक्रेटरी साहब को विस्मय हुआ, उन्होंने उन दोनों को एक बार देखा, फिर आत्मीयता से बोले—बड़ी मेहरबानी है जनाब। इन बच्चों के लिये आप जैसे लोग खुदा की नेमत हैं।

–हमारे कोई सन्तान नहीं है, और हम दोनों चाहते हैं कि एक छोटा बच्चा गोद ले लें उसे पालें। स्त्री ने कहा।

पुरुष को जैसे ख़याल आया हो, उसने परिचय कराने की ग़र्ज़ से कहा—ये मेरी पत्नी हैं।

सेक्रेटरी ने अभिवादन किया, फिर पूछा-आप लोग क्या करते हैं, थोड़ा डिटेल में अपने बारे में कुछ बताइयेगा?

–हम दोनों गवर्नमेंट जॉब में थे। अब रिटायर हो चुके हैं।

–रिटायर हो गये हैं? सेक्रेटरी साहब ने विस्मय को दबाने की कोशिश की।

–जी हाँ, दो साल हुए।

सेक्रेटरी मेज़ की ओर देखते हुए पेपरवेट को गोल-गोल चक्कर खिलाने लगे। चुप्पी से थोड़ी-सी असहजता छा गयी।

स्त्री ने हस्तक्षेप किया—देखिये आप यह न समझिये कि हम इतनी उम्र के हो गये हैं तो हम बच्चे का पालन नहीं कर सकते। हम पूरी ज़िम्मेदारी से बच्चे का पालन-पोषण करेंगे। उसे कोई कमी न होने देंगे। उसे एक ब्राइट फ्यूचर देने के लिये कोई कसर नहीं रखेंगे।

सेक्रेटरी को लगा कि उनकी देह-भाषा से कोई ग़लत मैसेज चला गया है, तो वे ज़रा संकोच के साथ बोले-मुआफ़ कीजिएगा और आप लोग बुरा न मानियेगा। सब तरह की इन्फ़ॉरमेशन प्राप्त करना हमारा काम भी है और ज़रूरत भी।

पुरुष ने विनम्रता प्रदर्शित करते हुए कहा—हमें पता है सेक्रेटरी साहब, आपका काम कितनी ज़िम्मेदारीवाला है। आप जो भी पूछना चाहते हैं, शौक़ से पूछें। हम आपको सेटिस्फ़ाई करने की पूरी कोशिश करेंगे।

-शुक्रिया आपका बहुत-बहुत शुक्रिया। अच्छा बताइये, आपके घर में आप दोनों के अलावा और कौन-कौन लोग हैं?

-कोई नहीं, बस हम दोनों हैं और अब चाहते हैं—'हम दो हमारा एक'।

पुरुष ने थोड़ा हास्य पैदा करने का प्रयत्न किया।

सेक्रेटरी ज़रूरत को देखते हुए भरपूर मुस्कुराये, फिर सवाल भी किया—सिर्फ़ आप दोनों ?

-जी हाँ सिर्फ़ पति-पत्नी। और हमारे बीच में कोई 'वो' भी नहीं है।

तीनों ने इस कथन का हँसने के लिये भरपूर उपयोग किया। स्त्री ने भाँप लिया कि कोई समस्या आने ही वाली है। उसने पूछा—क्या बच्चा गोद लेने में हमारे लिये कोई दिक़्क़त है?

सेक्रेटरी थोड़े ठंडे लहज़े में बोले—दिक़्क़त तो नहीं है। पर आप लोग इतने बुजुर्ग हो गये हैं, इसलिये ज़रा सोचनेवाली बात तो है।

-तो क्या हुआ, हम बच्चे के पालन-पोषण में कोई लापरवाही नहीं करेंगे। पुरुष ने जल्दी से कहा।

-सर, यह बात नहीं है। वो क्या है कि हमारे पास अब तक, कोई ऐसा केस नहीं आया। मतलब इतनी उम्र में गोद लेने कोई नहीं आया। फिर एक बात और है जनाब, बच्चा पालने की भी एक उम्र होती है, उसके अपने तक़ाज़े होते हैं, नहीं तो बाद में बड़ी परेशानी होती है। बच्चे को भी और उसके पेरेंट्स को भी।

-तो क्या हमें बच्चा नहीं मिल पाएगा? स्त्री ने ज़रा बेताबी से कहा, उम्र से क्या होता है, असल चीज़ तो है भावना और निष्ठा मीन्स डिवोशन, और आप तो जानते ही हैं, भाई साहब कि राजा दशरथ को तो उम्र के चौथेपन में जाकर ही बच्चे मिले थे।

सेक्रेटरी हँसने लगे—उनकी बात दूसरी है मैडम। वो बादशाह थे। बड़ा परिवार था। तीन रानियाँ थीं। सैकड़ों नौकर, सैकड़ों दासियाँ।

पुरुष ने कहा—हम भी एक आया रखनेवाले हैं।

सेक्रेटरी शालीनता से मुस्कुराये, मगर चुप रहे।

–तो क्या हम बच्चा गोद नहीं ले सकते हैं?

–मैंने यह कब कहा?

–तो फिर हमें साफ़-साफ़ बताइये न।

सेक्रेटरी ने कार्यकर्ता को चाय लाते देखा तो कहा—लीजिये चाय आ गयी।

उन दोनों ने चाय के प्याले ले लिये और उसे याचना की तरह पीने लगे। सेक्रेटरी ने घूँट भरा और कहा–देखिये साहब वो क्या है कि हमारी बड़ी ज़िम्मेदारी होती है। बच्चा यहाँ से किसी के घर न जाये, तो वह इतना बुरा नहीं होता, मगर वह कहीं जाकर वहाँ से लौट आये, तो यह सबसे बुरा होता है। या न लौटे पर उसकी देखभाल ठीक तरह से न हो पाये, या...।

पुरुष ने बीच में ही कहा—सेक्रेटरी साहब, हम समझ रहे हैं हमारे बच्चे के साथ ऐसा कुछ भी नहीं होगा।

–मैं कहाँ कह रहा हूँ कि ऐसा होगा। लेकिन बुरा मत मानियेगा, प्लीज़ असल में आप लोगों की उम्र को देखते हुए, कुछ बातों पर ग़ौर करना भी बहुत ज़रूरी है। आगे कुछ कहते-कहते सेक्रेटरी रुक गये, तो पुरुष ने कहा—हाँ-हाँ कहिये बिना संकोच के कहिये। आख़िर आप और हम, दोनों ही बच्चे के वैलविशर ही तो हैं।

–देखिये, असल में बात यह है कि बासठ-पैंसठ साल की उमर ऐसी होती है, जब दस तरह के रोग आदमी को घेरने लगते हैं। ऐसे में खुद अपनी देखभाल करना ही मुश्किल हो जाता है। तब एक छोटे बच्चे की परवरिश तो और भी मुश्किल होती है।

थोड़ी देर चुप्पी छायी रही। माहौल असहज बन गया था। सेक्रेटरी ने अपनी बात को स्पष्ट करने के लिये लहज़ा और भी नरम किया—मुआफ़ कीजिएगा देखिये, ज़रा भी बुरा मत मानियेगा। मैं आपके जज़्बात समझता हूँ, मगर हमारी ज़िम्मेदारियाँ ही कुछ ऐसी हैं। बच्चे अनाथ और बेसहारा ज़रूर हैं, पर उन्हें बार-बार बेसहारा न होने दिया जाये, यही हमारी और आपकी मंशा होनी चाहिये, है कि नईं, क्यों साहब?

वे सब ख़ामोश हो गये। पुरुष कुर्सी की पुश्त से टिक गया। झुकी हुई शहतीर पर पंखा अपनी सुस्त रफ़्तार में घूम रहा था और कबूतर का जोड़ा इसी ओर निहार रहा था–अचल। मानो यहाँ उसी के बारे में बातें हो रही हों और जो फ़ैसला लिया जाना है, उससे उसका गहरा ताल्लुक हो।

स्त्री ने हताशा से कहा—मतलब यही है कि आप हमें इस योग्य नहीं समझते कि हम बच्चा गोद ले सकें।

सेक्रेटरी ने और विनम्रता से कहा—मुझे ग़लत न समझिएगा प्लीज़!

एक मिनट और बैठे रहकर पुरुष ने स्त्री की ओर देखा, फिर एक गहरी साँस लेकर कहा—तो चलें?

स्त्री ने हताश नज़रों से घड़ी को देखा, जो बिना किसी उतावली के, अपने काँटों को आगे खिसकाने के दस्तूर में व्यस्त थी।

सेक्रेटरी उन दोनों को विदा देने बाहर तक आये और एक बार फिर कहा-सॉरी मैडम, हमें ग़लत न समझिएगा।

वे दोनों ख़ामोश उदासी के साथ, सीढ़ियाँ उतरकर स्कूटर तक पहुँचे। उसे स्टार्ट किया। बैठे और मन्थर गति से लौट पड़े। कार्यकर्ता ने, जाते हुए स्कूटर की दिशा में, सूनी-सूनी आँखों से देखनेवाले सेक्रेटरी साहब से पूछा—क्या हुआ सर?

सेक्रेटरी ने अनमनेपन से कहा—देखते नहीं, आज बड़ी उमस है।

कई दिनों तक वे दोनों निराशा में झूलते रहे। पुरुष ने सोचा कि 'आश्रय' वाले चालाक लोग लगते हैं। उन्हें ज़रूर रिश्वत चाहिये होगी। उसने पत्नी से कहा—सब जगह भ्रष्ट लोग बैठे हैं।

-पर उन्होंने हमसे तो कुछ भी नहीं माँगा।

-यही तो तरीक़ा है। यही तरीक़ा है, रिश्वत माँगने का। पहले खूब परेशान करो, फिर आदमी खुद ही ऑफ़र करेगा।

स्त्री ख़ामोश रही।

-चलो कोई तरीक़ा निकालते हैं।

पुरुष ने दूसरे तरीक़े को आज़माने का निश्चय किया। उसने पाँच हज़ार रुपये जेब में डाले और अपने पड़ोसी मित्र विनय बाबू के साथ एक बार फिर 'आश्रय' जा पहुँचा।

सेक्रेटरी साहब ने प्रसन्नता के साथ स्वागत किया—आइये-आइये जनाब! 'आश्रय' में आपका एक बार फिर से, तहे दिल से स्वागत है।

पुरुष ने सोचा ये लोग कितने मक्कार हैं, पहले से भाँप लेते हैं कि सामनेवाला रुपया ले आया है। पर ऊपर से अपने को भला आदमी दिखाने में कोई चूक नहीं करते। सारी व्यवहार-कुशलता इसी की बाज़ीगरी है। ऐसे हैं अनाथ बच्चों के ये महान संरक्षक।

सेक्रेटरी उन्हें आदरपूर्वक अपने कक्ष में लिवा ले गये। कुर्सियाँ पेश कीं और पानी लाने की कोमल हिदायत दी। पुरुष ने परिचय कराया—ये विनय साहब हैं, ट्रायबल वेलफेयर डिपार्टमेंट में डिप्टी डॉयरेक्टर हैं और हमारे पड़ोसी भी। हम लोग

यूँ ही आपसे मिलने चले आये।

वे और आत्मीय हुए—आपका हमेशा स्वागत है, जब चाहें तशरीफ़ लाएँ। हमें मिलकर हमेशा खुशी ही होती है।

–'आश्रय' बड़ा पुराना केन्द्र लगता है। विनय साहब ने बात शुरू करने के लिये कहा और ठुड्डी खुजलाने लगे। कबूतरों का जोड़ा अब भी शहतीर पर जमा हुआ था।

–हाँ साहेब, इसे बीस साल होने को आये।

–अच्छा! बीस साल? पुरुष ने बेज़रूरत आश्चर्य को बड़ा करते हुए कहा।

सेक्रेटरी उत्साहित हुए—हाँ जी, हमारा एनजीओ इसे चलाता है। आज तक कोई शिकायत नहीं आयी और न ही हमारी रेपुटेशन पर कोई आँच ही।

–एन जी ओ? पुरुष के लिये यह एक अचीन्हा शब्द था।

–एनजीओ मीन्स, नॉन गवर्नमेंटल ऑर्गनाइजेशन। गैरसरकारी संगठन। यह समाज का है। सरकार का नहीं। प्रोफेसर, डॉक्टर्स, पत्रकार और लेखकों ने मिलजुल कर यह संस्था बनायी है।

–अच्छा-अच्छा, 'आश्रय' नाम भी तो कितना अच्छा है।

–जी।

–आप यहाँ नौकरी करते होंगे, आपका स्केल क्या है?

सेक्रेटरी शालीनता से मुस्कुराये-नहीं जनाब, मैं नौकरी तो यूनिवर्सिटी में करता हूँ। लायब्रेरियन हूँ। और यहाँ ऑनरेरी सेक्रेटरी। यहाँ से हम में से कोई भी वेतन या ख़र्च नहीं लेता। जो बनता है, अपनी तरफ़ से वह लगा ज़रूर देता है।

पानी आ गया था। पुरुष ने बेवजह पानी पिया। कबूतर ने अपनी गर्दन लचकाकर नीचे के लोगों को देखा।

पानी पीने से मना करते हुए विनय साहब ने कहा—मेरे दोस्त पहले भी एक बार यहाँ आ चुके हैं, भले आदमी हैं। इनकी वाइफ़ तो एकदम इंडियन वुमेन हैं। बस ऊपरवाले ने इनके साथ एक नाइंसाफ़ी कर दी, इन्हें कोई बच्चा नहीं दिया।

सेक्रेटरी और ज़्यादा विनम्र हो गये—ऊपरवाला बड़ा कारसाज़ है, सर, वह कोई नाइंसाफ़ी कर ही नहीं सकता। वह जिन्हें एक बच्चा नहीं देता उन्हें दुनिया-भर के बच्चे दे देता है।

विनय साहब ने बिना कुछ सुने अपनी बात जारी रखी—ये बच्चा गोद लेना चाहते हैं, तो आप दे क्यों नहीं देते? क्या दिक़्क़त है?

–ज़रूर लेना चाहिये, ऐसे ही लोगों की दुआ से 'आश्रय' अपने बेसहारा बच्चों की परवरिश कर पा रहा है।

–पर शायद आपको कोई अड़चन है?

सेक्रेटरी हँसे। उनके हँसने में गहरा प्यार छलक आया—अड़चन कुछ नहीं है सर, हम और आप दोनों ही बच्चों के वैलविशर हैं। उसी नज़रिये से हम सोच रहे थे, कि ऑफ्टर-रिटायरमेंटवाली एज में बच्चा गोद लेना चाह रहे हैं, तो आगे चलकर कोई दिक़्क़त न आये। न आपको और न ही बच्चे को। खुदा न करे, पर किसी कारण कोई चूक हो गयी या आप-हम अपनी ड्यूटी में फेल हो गये, तो वह बच्चे के हक़ में बहुत बुरा होगा। बहुत ही बुरा। बस यही एक चिन्ता है, नहीं तो हम यहाँ क्यों बैठे हैं, इसीलिये!

सेक्रेटरी साहब की बातों का पुरुष पर अच्छा प्रभाव पड़ा। उसे लगा कि शायद वह उनके बारे में ग़लत धारणा पाले हुए है, हो सकता है कि वे वैसे न हों। उसे ग्लानि महसूस हुई। तब उसने अतिशय विनम्रता से कहा—सेक्रेटरी साहब, यदि आपको लगता हो कि हम बच्चे की देखभाल ठीक तरह से नहीं कर पाएँगे या हमारी एज के कारण बच्चा देना उचित न लगता हो, तो हम आपको मजबूर नहीं करेंगे। जैसा आप ठीक समझें, वैसा ही करें।

विनय साहब ने थोड़ा असहजता से पुरुष को देखा, पर पुरुष ने उसका नोटिस नहीं लिया, वह बोलता रहा—हम अक्सर केवल अपने हिस्से का ही देख और सोच पाते हैं। आप उसे दोनों ओर से देखने की कोशिश कर रहे हैं। बच्चे के बारे में आपका फ़ैसला ही ज़्यादा सही होगा।

कहने के बाद पुरुष को बड़ा सुकून मिला। बाहर गर्मी बढ़ती जा रही थी, पर अन्दर, इस कमरे में, पंखे की चौड़ी और पुरानी ब्लेडें ठंडक बनाने में लगातार जुटी रहीं। पीछे के कमरे हलचल-भरे थे। उस दिनवाले कार्यकर्ता चाय दे गये। सेक्रेटरी साहब ने आदरपूर्वक चाय पेश की। जब सबने अपने-अपने प्याले ले लिये, तो उन्होंने उसे आवाज़ दी—श्याम भैया, आप भी अपनी चाय लेकर यहीं आ जाओ न।

वे, जो कार्यकर्ता थे, अपना प्याला लेकर वहीं पर आ गये और धीमे से कुर्सी खिसकाकर बैठ गये।

–ये श्याम भैया हैं। इन्होंने अपना फ़ालतू वक़्त 'आश्रय' को अर्पित कर दिया है। अपनी रोज़ी-रोटी चलाने के लिये सुबह अख़बार बाँटते हैं, और शाम को अगरबत्तियाँ बेचते हैं। और बाक़ी का समय सेवा भाव से यहाँ देते हैं।

पुरुष मुँह फाड़े देखता रह गया। उसके दिमाग़ में लगी हुई जंग की एक परत झरी। खुद विनय साहब सकते की हालत में थे। सरकारी अफ़सर होने के कारण उन्हें सारी दुनिया चोर और लुटेरी ही नज़र आती थी। वे नहीं जानते थे कि एनजीओ इस तरह भी चलाये जाते हैं। वे तो सोचते थे कि एनजीओ माने सरकारी ग्रांट। रुपया ही

रुपया। चोरी और लूट। ऐश ही ऐश।

वे दोनों अभी खोयी हुई हालत में ही थे कि सेक्रेटरी बोले—मेरा एक सजेशन है।

–जी, बतायें।

–आप अपनी मिसेज़ के साथ एक बार और मशवरा कर लें, यदि आपको तब भी लगे कि बच्चा गोद लेना ही है, तो आ जाइएगा। मैं आपका सहयोगी हूँ, मदद ही करूँगा।

सेक्रेटरी साहब के आख़िरी शब्दों ने पुरुष को सान्त्वना के असीम सागर में डुबो दिया। विनय साहब के चेहरे पर साहबी-सुकून झलका कि लो करा दिया काम। कबूतर के जोड़े ने अपनी जगह पर परिक्रमा लगायी और फिर गुटर-गूँ की तान छेड़ दी।

सेक्रेटरी बाहर तक छोड़ने आये। अब वे देवदूत लग रहे थे।

विनय साहब ने रास्ते में कहा—हमें देखते ही वो सेक्रेटरी समझ गया था कि अब गड़बड़ नहीं चलेगी।

पुरुष के मन में 'गड़बड़' शब्द पर एतराज़ पैदा हुआ, पर उसने बातों का रुख़ मोड़ने के लिये कहा—सेक्रेटरी साहब तो लगता है, हम लोगों की उम्र से डरे हुए हैं, मगर हम कोई जल्दी मरनेवाले नहीं हैं विनय साहब।

तीन-चार दिनों बाद ही पुरुष, स्त्री को साथ लेकर 'आश्रय' पहुँच गया। सेक्रेटरी साहब सालों पुराने दोस्त की तरह मिले। वे देर तक इधर-उधर की बातें करते रहे और बातों-बातों में ही उन्होंने, अपने काम की जानकारियाँ हासिल कर लीं। पृष्ठभूमि, अन्य परिवार-जन, रिश्तेदार, मित्र, पास-पड़ोस, शौक़, विचार, दर्शन आदि के बारे में उन्होंने सब जान लिया और पूछताछवाली फूहड़ता का ज़रा-सा भी प्रदर्शन नहीं होने दिया। वे उनके शौक़ पूछते, तो अपने शौक़ भी बताते, पास-पड़ोस की जानकारी लेते, तो अपना पास-पड़ोस भी मज़े-मज़े से विश्लेषित करते। घंटे-भर की बातचीत के बाद सेक्रेटरी बोले—मैं अब समझ गया हूँ कि आप लोग आइडियल पेरेंट हैं। मुबारक हो।

स्त्री ने उदास होकर कहा—पर हमें तो ईश्वर ने ही रिजेक्ट कर दिया।

–न...न मैडम..., ऐसा मत कहिये। वह खुद दुनिया का सबसे बड़ा पेरेंट है। वह कभी ग़लती नहीं करता। वह किसी को रिजेक्ट नहीं करता। ऐसा लगता है कि उसने आप लोगों की परफेक्टनेस को देखते हुए, आप लोगों को किसी बड़े काम के

लिये चुना है। अपना बच्चा तो सभी पालते हैं। अपने बच्चे को सभी प्यार करते हैं। आप पर उसने यह ज़िम्मेदारी डाली है, कि आप किसी दूसरे के बच्चे को पालें। किसी बेसहारा को प्यार करें। मैडम जी, खुदा यह नियामत सबको कहाँ बाँटता है? यह तो उसने उन ख़ास लोगों के लिये सँभालकर रखी हुई है जो दुनिया में सबसे अनोखे होते हैं, और हमारा दिल कहता है कि उन ख़ास लोगों में आपका भी शुमार है।

स्त्री की आँखें नम हो गयीं। हृदय थरथराने लगा। उन्हें लगा कि वे एक अदना स्त्री से, अचानक ही एक महान स्त्री में तब्दील हो गयी हैं। उन्हें महसूस हुआ कि उनके जीवन का एक ख़ास मक़सद है। वे कोई साधारण स्त्री नहीं हैं। जीवन, केवल खाने, पहनने, सोने और अन्त में खाँसते हुए विदा हो जाने का ही नाम नहीं है। ये मक़सद नहीं हैं, संसाधन हैं। मक़सद कुछ और ही होता है, उसे पहचानना और पकड़ना पड़ता है। पहचानने और पकड़ने की योग्यता अर्जित करना पड़ती है।

उनके मन में सेक्रेटरी साहब के प्रति कृतज्ञता का भाव पैदा हुआ। वे अध्यापन कार्य से रिटायर हुई थीं, इसलिये उन्हें यह मर्म समझने में कोई बाधा महसूस नहीं हुई कि जो स्वयं ही बड़प्पन से भरा होता है, वह अपने सामने मौजूद हर आदमी को भी बड़प्पन से भर देता है जबकि अन्दर से ओछेपन का शिकार आदमी, दूसरों को छोटा और हीन बनाकर सुख का अनुभव करता है।

स्त्री की आँखों से आँसू बह चले। न जाने क्यों, न जाने कहाँ?

सेक्रेटरी ने उनके आन्तरिक भावों को महसूस कर लिया था, कहा—बस-बस मैडम, यही आँसू आपको क्वालीफ़ाय करते हैं, कि आप एक माँ हैं। बेहतर माँ, मरियम जैसी माँ। खुदा ने आपको इसीलिये चुना है।

सेक्रेटरी उन्हें 'आश्रय' के भीतरी कमरों में ले गये। वहाँ कई और सहयोगी स्त्री-पुरुष थे। एक कमरे में किचन था और वहाँ दो स्त्रियाँ काम कर रही थीं। खेल-घर में कुछ बच्चे जमा थे। उन बच्चों ने देखते ही अभिवादन किया। एक अलग कमरे में चार-पाँच पालने थे। उनमें से तीन में बच्चे थे और दो खाली थे। दो आयाएँ उन बच्चों के लिये बॉटल में दूध भरकर निपल लगा रही थीं। खिलौनों और बच्चों की तस्वीरवाले आकर्षक पोस्टरों से कमरे की सजावट की गयी थी। अलगनी और रैक में छोटे, मँझोले और थोड़ा बड़े बच्चों के आकारवाले कपड़े क़रीने और तरतीब से रखे हुए थे। वहाँ पर मौजूद लोगों में नौकरीपन नहीं था। वे घरेलू और समर्पित दिखाई देते थे। पहले पालने में लेटे बच्चे को स्त्री ने उठाया, प्यार किया और छाती से चिपका लिया। कहा—यही है मेरा बेटा।

सेक्रेटरी ने इस बात पर ग़ौर किया कि स्त्री ने चुनने-छाँटने की बाज़ारू प्रवृत्ति

और रंग-रूप की भेदभाववाली दृष्टि से अपने को बचाये रखा है।

वे बोले—लीजिये, आप इस बच्चे की माँ हो गयीं।

स्त्री को लगा, जैसे देवता वरदान दे रहे हों।

स्त्री को वहीं छोड़कर सेक्रेटरी साहब फिर से बैठक कक्ष में आ गये। पुरुष से कहा—यह एक फ़ॉर्मल एप्लीकेशन फ़ॉर्म है, भर दीजिएगा। और यह है कैटलॉग। इसमें उन चीज़ों की सूची है, जिन्हें आपको बच्चे को यहाँ से ले जाने से पहले ख़रीद लेनी हैं। कैटलॉग के पीछेवाले हिस्से में ही कुछ काशन्स-डॉयरेक्शंस भी लिखे हैं। वे हँसते हुए आगे बोले—लिखे तो हैं, पर माता-पिता इन बातों को पहले से ही जानते हैं। फिर भी यह हमारी ओर से दिया ही जाता है।

पुरुष ने सेक्रेटरी साहब से सूची ली और उसे ग़ौर से पढ़ा। कुछ देर बाद, जब स्त्री अन्दरवाले कक्ष से निकलकर वहाँ पर आ गयी, तो उस समय उसकी प्रसन्नता और कृतज्ञता देखते ही बनती थी। वह चेहरे पर साफ़-साफ़ तैर रही थी। पुरुष ने स्त्री के उस परम आनन्द को देखा। महसूस किया। फिर उस आनन्द से अपने को भी सराबोर कर लिया। अब वे दोनों ही आनन्द की प्रशान्ति में आकंठ डूबे हुए थे। स्त्री और पुरुष से एकाएक माता-पिता में तब्दील हो चुके। उन दोनों प्राणियों को बाहर तक छोड़ने के लिये, सेक्रेटरी साहब और श्याम भैया, दोनों ही आये। दोनों आयाएँ भी अन्दर से आकर, उनके पीछे खड़ी हो गयी थीं।

वे चले गये तो सेक्रेटरी साहब ने दोनों हाथ उठाकर दुआ माँगी—खुदा इनकी मदद करना! ये बड़े भले लोग हैं।

'आश्रय' ने जो सूची दी थी, उसमें लिखी हुई चीज़ें तो बाज़ार से ख़रीदी ही गयीं, उनके अलावा भी ढेर सारी चीज़ें ख़रीद ली गयीं। कुछ चीज़ें तो दो-दो हो गयीं और कुछ चीज़ें तो ऐसी भी थीं, जिनका शायद ही कभी उपयोग हो, पर उन्हें भी ख़रीद लिया गया था। फिर चूहे, मच्छरों और चींटियों से बचाव के उपाय किये गये। घर की साज-सज्जा बदल दी गयी। नोकदार फ़र्नीचर बदल दिया गया। दीवारों के कॉर्नर पर दोहरी पट्टी कराकर, उन्हें गोलाकार बनाने की यथासम्भव कोशिशें की गयीं। बच्चों के चित्रवाले कैलेंडर आ गये। साफ़-सफ़ाई पर ध्यान दिया जाने लगा। डेटॉल, स्प्रिट और एसिड की बोतलें बाथरूम में जम गयीं। पंखा कितना तेज़ चले, कितनी रोशनी हो, इस पर विचार-विमर्श हुआ। बच्चे को चूमते, खिलाते और दूध पिलाते समय कौन-सी सावधानियाँ रखी जाएँ, इस ओर भी तवज्जो दी गयी।

पड़ोसियों, मित्रों और रिश्तेदारों ने भी खूब टिप्स दिये। हर कोई बताने,

सिखाने और समझाने पर आमादा था। वे भी प्रतियोगी परीक्षा की तैयारी करने जैसी एकाग्रता से सब नोट करते रहे। टीवी विज्ञापनों को ग़ौर से देखकर पुरुष ने बच्चे के लिये आवश्यक वस्तुओं की भी एक अलग सूची तैयार की—हमाम, मालिश तेल, ग्राइप वाटर, कॉकरोच मारने की दवा आदि। उनकी सुबहें, शामें और दिन सज गये। नये और अनोखे हो गये।

फिर जिस दिन बच्चा लाया जानेवाला था, उस दिन घर को खूब सजाया गया। वन्दनवार लगाये गये और आँगन में रंगोली डाली गयी। विनय साहब की कार, मय ड्राइवर के उधार माँगी गयी। कार को उसी तरह फूलों से सजाया गया, जैसे बारात के लिये सजाया जाता है। प्रातः बेला में कार 'आश्रय' के द्वार पर जा खड़ी हुई। बच्चे को नये कपड़े पहनाकर तैयार कर दिया गया था। दोनों आयाएँ बच्चे को गोद में लिये रो रही थीं।

सेक्रेटरी साहब ने बताया—हमारी ये दोनों बहनें सवेरे से रो रही हैं।

स्त्री ने उन्हें अपने से चिपका लिया-हम इसे कहीं बाहर नहीं ले जा रहे हैं। जब आप लोगों का मन हो, घर चले आएँ। यह हम सबका बच्चा है। आपका, हमसे ज़्यादा।

'आश्रय' वालों ने उपहारों से कार को भर दिया था। सभी लोग विदा देने मौजूद थे। यहाँ तक कि वे सभी बच्चे भी कार घेरकर खड़े थे और रो रहे थे, जो उम्र में कुछ बड़े थे।

बच्चे के आने की खुशी में उसका नामकरण-संस्कार करने के बहाने एक पार्टी आयोजित की गयी। इस पार्टी में दोस्त, रिश्तेदार और पड़ोसी आमन्त्रित किये गये। 'आश्रय' के सेक्रेटरी साहब, श्याम भैया केयर टेकर, आयाएँ, स्वयंसेवक और वहाँ के बड़े बच्चों को ख़ास तौर पर निमन्त्रित किया गया था। सेक्रेटरी साहब तो खुद ही आने को उत्सुक थे। असल में यह उनके कर्त्तव्य का ही हिस्सा था कि जिस घर में बच्चा दिया जाये, उस घर से एक सतत सम्पर्क भी रखा जाये। और यह सब इस तरह हो, कि गोद लेनेवालों को ज़रा-सा भी इस बात का अहसास न हो कि उन पर नज़र रखी जा रही है।

गुब्बारों, फूलों, खिलौनों से घर की तिल-तिल जगह भर गयी। केले के खम्बे और वन्दनवार लगाये गये। स्वागत-द्वार और रोशनी का विशेष इन्तज़ाम किया गया। मीठे और कोमल संगीत से पूरा घर धड़कने लगा। पुरुष और विनय साहब द्वार पर सबका स्वागत करने खड़े हो गये। स्त्री अन्दर मेहमानों को बिठाने और सम्मान देने में जुट गयी। स्त्री के विद्यालय की पुरानी सखियों ने आकर सब सँभाल लिया था। अभ्यागतों ने बधाई दी, उपहार दिये और बुके-शैली में अपनी

थालियाँ सजाकर, अलग-अलग समूहों और उप-समूहों में खाने-गपियाने में जुट गये।

पुरुष के भाई ने स्त्री के भाई के पास जाकर कहा—खाना अच्छा बना है।

-जी हाँ अच्छा केटरर लगता है।

-आप क्या सोचते हैं?

वे अनभिज्ञ बन गये—किस बारे में?

-अरे, इस बच्चे के बारे में।

-बहुत अच्छी बात है, बड़ा ही पुण्य का काम है एक अनाथ बच्चे को पालना। फिर मिर्च की नोंक कुतरते हुए कहा—मेरा न लेते तो न सही, आपका ही ले लेते।

-हाँ ठीक ही कह रहे हैं।

-अरे भैया अपना गोत्र नहीं, तो कम-से-कम खून तो अपना ही होता।

-यह भी ठीक ही कह रहे हैं।

फिर कान के पास मुँह लाकर बोले—वह जो सेक्रेटरी है। अरे वही आसरयवाला?

-हाँ-हाँ।

-मुसलमान है।

-अच्छा! स्त्री के भाई ने खूब बड़ा-सा आश्चर्य किया, हालाँकि उन्हें यह बात पता थी।

-कहीं यह, उसी का या उसके किसी रिश्तेदार का बच्चा हुआ तो?

स्त्री के भाई ने पापड़ तोड़ते-तोड़ते कहा—अब उन्हें समझाये कौन? दोनों किसी की मानते हैं क्या?

मेहमानों से मिलते-जुलते और उनसे भोजन करने का अनुरोध करते हुए पुरुष उनके पास भी पहुँचा—ठीक से खाइएगा, संकोच न करिएगा। बच्चे के लिये चाचा और मामा का स्नेह ही सबसे बड़ा होता है।

विनय साहब सरकारी विभागों से आये हुए अपने और अपने स्तर से बड़े ओहदेवालों के साथ खा रहे थे। और बच्चे के एडॉप्शन का श्रेय सिद्ध करने के लिये बता रहे थे—पहले तो आश्रयवाले इन्हें बच्चा देने को तैयार ही न थे।

-क्यों?

-कह रहे थे, इन लोगों की उम्र ज़्यादा है।

-फिर?

-फिर क्या हम साथ में गये, समझाया। तब कहीं जाकर वे लोग तैयार हुए।

दूर के रिश्ते में पुरुष की मामी लगनेवाली स्त्री, एक अन्य स्त्री से कह रही

थी—बच्चा पालना बड़ा मुश्किल काम है। देखो का कर पाती हैं ये?

–आप तो हैं, सिखा देना।

–अरे हमसे तो साल–दो–साल में ही मेल–मुलाक़ात होती है। अब देख हैं का करती हैं जे?

सेक्रेटरी साहब यूनिवर्सिटी के एक प्रोफेसर को बता रहे थे—पेरेंट्स का सिलेक्शन बड़ा गुत्थी–भरा काम होता है और यह तो स्पेशल केस है। पैंसठ साल की उम्र वालों ने एडॉप्शन किया है।

–एक्सपेरीमेंट समझिये।

–हाँ, एक्सपेरीमेंट तो है ही पर रिस्क भी बहुत है।

–बिना रिस्क के कोई भी एक्सपेरीमेंट होता है क्या?

–खुदा माफ़ करे इस बार मैंने बच्चे के बजाय पेरेंट्स को तवज्जो दी है, अब वही सब निबाहेगा।

आधी रात तक बातें, ठहाके और गप्पें चलती रहीं। गुब्बारे फूटते रहे। प्लेटें–चम्मचें खनकती रहीं। पंडित जी ने 'न' वर्ण से नाम रखने का सुझाव दिया। बच्चे का नाम रखा गया—नन्दन। तालियाँ बजीं। स्त्री और पुरुष माता–पिता बनने के सुख से लबरेज़ हुए।

रात में स्त्री को बार–बार लगता कि नन्दन ने बिस्तर गीला कर दिया है। वह पुरुष को ज़रा–सा हिलाती और वह हड़बड़ाकर उठ बैठता—क्या हुआ? क्या बात है?

–ज़रा देखो तो, शायद इसने बिस्तर गीला कर दिया है।

पुरुष लाइट ऑन करता। चश्मा लगाता। बिस्तर छूकर देखता, फिर बताता–नहीं तो बिस्तर तो एकदम सूखा है।

–अच्छा! स्त्री को आश्चर्य होता।

लेकिन जब नन्दन बिस्तर गीला कर देता, तब स्त्री को पता नहीं चल पाता। पुरुष ही उसे बताता, तब वह फिर आश्चर्य करती—अच्छा?

आया दिन–भर के लिये रखी गयी थी, किन्तु उत्साह के कारण अधिकतर काम तो वे दोनों खुद ही कर डालते थे। उसे मौक़ा कम मिलता। हाँ, उसकी सलाहें खूब ली जातीं। पल–पल में उससे पूछा जाता। मालिश वही करती थी, स्त्री को डर लगता था कि बच्चे को कहीं चोट न लग जाये। मालिश के समय नन्दन चिल्ला–चिल्ला कर रोता था। पुरुष कहीं भी रहता, दौड़ा–दौड़ा आता और रोने के कारण पूछता। आया उसे बाहर भेज देती, बताती—मालिश कड़क न होगी, तो हाथ–पाँव

भी कड़क न होंगे। भैया जल्दी-जल्दी चलना न सीख पाएँगे।

मालिश के बाद बच्चे को वही नहलाती-धुलाती। नहाने के बाद बच्चा दूध पीता और चौथाई बोतल ख़त्म होने से पहले ही गहरी नींद में सो जाता। आया को पल-भर में सुला देने का हुनर आता था। वह यह तक बता देती कि नन्दन अब कितने घंटे सोएगा। वे दोनों अचरज करते और ऐसी अनुभवी आया को पा लेने के लिये ईश्वर का धन्यवाद भी करते।

उन्हें नन्दन की हर बात पर अचरज होता। अचरजों से घर भरा हुआ था। वह मुस्काता, वे अचरज करते। उन्हें निहारता, तो अचरज करते। उसकी मासूम नींद उन्हें अचरज में गुम कर देती। पलकें हिलतीं तो वे सोचते, सपना देख रहा होगा। और यह भी कि उसके सपनों में हम होंगे या नहीं? वह बच्चा न था, अचरजों का पुलिन्दा था।

मामी कई महीनों बाद मिलने आयीं और यूँ ही पूछ लिया—नन्दन को टीका लग गया?

-टीका?

-हाँ, पोलियो का, माता का।

-अरे हम तो भूल ही गये कि टीका भी लगवाना है।

-वाह-वाह, अच्छे पढ़े-लिखे माँ-बाप हो भाई। इसीलिये कहते हैं कि बच्चा पालना कोई हँसी-खेल नहीं है। ऐसे वक़्त घर में किसी बूढ़े-सयाने का होना बहुत ज़रूरी होता है। पर तुम लोगों को तो किसी से मतलब ही नहीं है।

-न मामी जी, ऐसा न कहिये। आप ही हमारी सयानी हैं और आपको ही हमारी हर तरह से मदद करनी पड़ेगी। समय-समय पर सब बातों की याद दिलानी पड़ेगी। आप ये सब न करेंगी तो कौन करेगा? आपके सिवाय हमारा कौन है?

मामी को यही सुनना था, वे खुश हो गयीं।

उसी शाम वे लोग नन्दन को डॉक्टर के यहाँ ले गये। वहाँ पर पहले से कई माता-पिता प्रतीक्षा कर रहे थे। स्त्री भी बैठ गयी। पुरुष बाहर टहलने लगा। बाजू में बैठी हुई स्त्री ने पूछा—आपका नाती होगा?

स्त्री थोड़ा अचकचायी—नहीं, बेटा है।

उसे अचरज हुआ—लेट डिलेवरी है?

-हाँ, स्त्री बच्चे में व्यस्त हो गयी, ताकि और जवाब न देना पड़े।

डॉक्टर ने भी बच्चे का मुआयना करते हुए हँसी की—मम्मी-पापा को तो आजकल अपने बच्चों के लिये फ़ुरसत नहीं होती, दादा-दादी पर सब छोड़ देते हैं।

वह चुप रही। टीका लगने पर नन्दन बुक्का फाड़कर रोया। स्त्री का कलेजा

हिल गया। पुरुष भागता हुआ चैम्बर में आया—क्या हुआ?

-कुछ नहीं बच्चों को इतना रोना ही चाहिये। डॉक्टर ने कहा।

रोते हुए बच्चे को हिलाते-डुलाते-बहलाते वे बाहर चले आये। घर आ जाने पर भी बच्चा दर्द से रोता ही रहा। रात में, बड़ी देर बाद उसे नींद आयी, तब दोनों को थोड़ी राहत मिली। वे थक गये थे। स्त्री हलाकान हो चुकी थी। अब चैन पाने के बाद उसे डिस्पेंसरी में मिली महिला की याद आयी। गहरी साँस लेकर उसने पुरुष को बताया—लोगों को पता नईं क्या मिलता है, पूछेंगे ज़रूर—'नाती है?' अरे, कोई भी हो, तुम्हें क्या?

पुरुष हँसा—ग़ुस्सा क्यों होती हो, लोगों के लिये ये बात अनोखी है। वे इसके आदी नहीं हैं। तुम तो बता दिया करो—बेटा है हमारा। नहीं है क्या?

नन्दन के आने के बाद उनकी दिनचर्या में बहुत से बदलाव हुए। जैसे सबसे बड़ा बदलाव तो यही हुआ कि दोनों में से जब कोई एक बाहर जाता, तो दूसरा घर पर ही रहता। निश्चिन्तता ग़ायब हो चुकी थी और हर समय सजगता-सतर्कता बनी रहती, जैसे हस्पताल में दाखिल किये गये मरीज़ के परिजनों में एक स्थायी सतर्कता आ जाती है। दो घंटे के लिये भी पुरुष बाहर गया होता, तो लौटते ही पूछता—नन्दन कैसा है? उसकी खाँसी को आराम लगा?

बच्चे के दाँत निकलने का समय तो उन पर पहाड़-सा गुज़रा। दस्त और बुख़ार ने मानो बच्चे के प्राण ही निकाल लिये। वह हमेशा दर्द और विपत्ति में फँसा हुआ दिखाई देता। डॉक्टर के यहाँ दौड़-दौड़ मची रहती। वे बेचैन और व्याकुल हो जाते। पर डॉक्टर इत्मीनान से कहता—इट इज जस्ट टीथिंग ट्रबल। ऐसा ही होता है। घबराने की कोई बात नहीं है। दवाएँ देते रहें।

थोड़े ही दिनों में बच्चे ने अपने दन्तावतरण तकलीफ़ों से निजात पा ली। अब उसके सामने के दो दाँत, चावल के छोटे-छोटे दानों की तरह झलकने लगे थे। वह हँसता तो झलकन खिल जाती। स्त्री ने पुरुष को बताया कि सूरदास ने इस पर बड़ा प्यारा पद लिखा है, स्कूल में वह पढ़ाया करती थी-

किलकत कान्ह घुटुरुवनि आवत।
किलकि हँसत राजत द्वै दतियाँ, पुनि-पुनि तिहिं अवगाहत।।

फिर स्त्री सोच में पड़ गयी कि यशोदा जी ने क्या किया होगा? दाँत निकलने पर कृष्ण को कितना कष्ट हुआ होगा? तब तो डॉक्टर भी नहीं थे।

दो साल के अरसे तक सिनेमाघर जाने पर निजी पाबन्दी रखने के बाद, एक दिन

उनका सिनेमा देखने का प्रोग्राम बना। लम्बी यात्रा पर निकलने जैसी तैयारी हुई। याद कर-कर के दूध की बॉटल, बिस्किट, नैपकिन, पानी की बॉटल आदि सब रखे गये। तैयारी के कारण समय भी लगा और हड़बड़ी भी हुई। घर में ताला डाला और ऑटो रोका। उसे सिनेमाघर का नाम बताया और जल्दी चलने को कहा।

पुरुष ने रास्ते में जानकारी हासिल की—दूध की बॉटल तो रख ली है, न?

-हाँ।

-पानी की?

-हाँ।

-नेपकिन्स?

-सब रख लिया है बाबा! पर। स्त्री ने जीभ काटी।

-क्या हुआ?

-नन्दन?

-नन्दन।

पुरुष ने गोद की ओर देखा—अच्छा, उसे ही भूल गयीं।

ऑटो लौटाया गया। दौड़कर ताला खोला। जी धक्-धक् करता रहा। नन्दन अब भी चैन से सो रहा था। निश्चिन्त।

पुरुष ने कहा—जिसके लिये इतने इन्तज़ाम किये और एक भी चीज़ नहीं भूले, उसे ही भूल गये। आदतों का कितना असर होता है!

नन्दन ने जिस दिन पहली बार 'माँ-माँ' कहा, स्त्री निहाल हो गयी। वह दिन भर बताती रही कि आज नन्दन ने उसे पुकारा। सबसे पहले उसे ही पुकारा। माँ से ही बच्चे का असली रिश्ता होता है। पुरुष भी खुश हुआ। उसने हँसते-हँसते, बच्चे को बेईमान कहा। बाद में नन्दन ने कुछ और शब्द सीख लिये। वह 'पापा' भी कहने लगा और इस तरह उसने तराज़ू के पलड़े सम कर दिये। दूधू, मम्मा (आया) उसके प्रिय शब्द बन गये। वह रोज़ कुछ नया-अनोखा करता, अनजानी भाषा के शब्दों को झराता-गिराता और वे दोनों उन्हें बटोरते-फिरते। नन्हे पैरों से वह जिस दिन दो डग चला, घर में धूम मच गयी। उसे चलने के लिये बार-बार प्रोत्साहित किया जाता। वह डगमगाता और धम्म-से बैठ जाता। बच्चे को भी पता चल गया था कि उसके चलने में कोई जादू है, खेल है। वह भी उसमें मज़ा लेना सीख गया था। चलता और गिर पड़ने का अभिनय करता।

दो साल पूरे होकर चार-पाँच माह और निकल गये तो पड़ोसियों-मित्रों-परिचितों ने पूछना शुरू किया—किस स्कूल में डालने का सोच रहे हैं?

पुरुष ने इन सवालों की अवहेलना कर दी—अभी से स्कूल? अरे, नन्दन का

बचपन नष्ट करना है क्या, अभी तो इसे खूब खेलने-खाने दो। मुक्त विकास बच्चे की पहली ज़रूरत है। स्कूल बच्चे के विकास को रोक देता है। वे उस पर कृत्रिम अनुशासन लाद देते हैं। बच्चा सोना चाहता है, तो वह जगाते हैं। वह बोलना चाहता है, तो उसे चुप रहने को कहते हैं। वह हँसना चाहता है, तो उसके हँसने से उनका डिसिप्लिन टूटता है।

पुरुष के विचारों से स्त्री भी सहमत थी। ऐसे ही विचारों के लिये वह पुरुष पर गर्व करती थी। पर नन्दन के तीन साल की उम्र पार करते ही वे दोनों भी इस चिन्ता के घेरे में आ ही गये। पुरुष सबसे बढ़िया माने जानेवाले स्कूल का एडमीशन फ़ॉर्म ले आया। दोनों ने मिलकर उसे इतनी गम्भीरता से भरा, जितनी गम्भीरता से अपनी नौकरी का आवेदन-पत्र भी नहीं लिखा होगा। इंटरव्यू के लिये दो दिनों तक तैयारी की गयी। कई-कई लोगों से मशवरा किया। टिप्स् लीं। विनय साहब के पोते वहीं पढ़ते थे, उनके साथ ख़ास गुफ़्तगू हुई।

इंटरव्यू देने पहुँचे तो बच्चों और माता-पिता की छोटी-सी भीड़ वहाँ पहले से मौजूद थी। लोगों और ख़ास तौर पर महिलाओं को देखकर स्त्री को कोफ़्त हुई। उसे लग रहा था कि इनमें से कोई ज़रूर पूछेगा 'नाती है क्या?'

वह ज़रा झुकी-झुकी सी अपने में ही सिकुड़ी-सिमटी, एक कुर्सी पर बैठ गयी। पुरुष भी बाज़ू में बैठ गया। नन्दन बच्चों में सरक गया। दो अजनबी बच्चे पहले आमने-सामने खड़े हुए, फिर उन्होंने एक-दूसरे को परखा। दूसरे बच्चे ने नन्दन को छुआ और अपरिचय का नक़ाब टूटकर गिर पड़ा। बड़ों को परिचय करने में देर लगती है, जबकि बच्चों का संकोच जल्दी ढल जाता है। स्त्री के बाज़ू में बैठी महिला ही उस दूसरे बच्चे की माँ थी। उधर बच्चे दोस्त बने और इधर माताओं में भी बातचीत चल पड़ी। कहाँ रहते हैं, बच्चे का नाम क्या है, जैसे सवाल तो हुए पर किसी ने नहीं पूछा—आप दादा-दादी हैं क्या?

जब प्यून उनके नाम की चिट ले आया, तो स्त्री ने राहत महसूस की। प्रिंसिपल मैडम का कक्ष अपेक्षाकृत बड़ा और भव्य था। वे स्वयं अत्यन्त गरिमामय और शान्त व्यक्तित्व की महिला थीं।

मैडम ने कहा—प्लीज़ बैठिये।

वे बैठ गये।

फिर पूछा गया—चाइल्ड के मम्मी-पापा नहीं आये?

पुरुष मुस्कुराया—हमीं मम्मी-पापा हैं।

मैडम लज्जित हुईं—सॉरी आपका चाइल्ड है। फिर नन्दन से पूछा—क्या नाम है आपका?

नन्दन ने कहा—इंग्लिश में पूछिये?

सब हँस पड़े। उसने इंग्लिश में अभ्यास किया था।

-ओह, व्हॉट इज़ योर नेम माई सन?

-माई नेम इज़ नन्दन।

ऐसी ही कई और औपचारिक बातों के बाद कहा गया कि वे दो दिन बाद आकर सूची देख लें। प्रतीक्षा के दो दिन काटने कठिन हो गये। यों वे आश्वस्त से थे, पर बार-बार आशंकित भी हो जाते थे। पुरुष दो दिन बाद स्कूल गया और जब लौटा तो उसका चेहरा ही बता रहा था कि नन्दन को प्रवेश दे दिया गया है। स्त्री बरामदे में इन्तज़ार कर रही थी और स्कूटरों की आवाज़ों पर चौंक-चौंक पड़ रही थी।

स्त्री ने कहा—मिल गया?

-हाँ, मिल गया कांग्रेट्स।

तब बाज़ार की बारी आयी। नन्दन के लिये बस्ता, पानी की बॉटल, टिफ़िन, किताबें, यूनीफ़ॉर्म वगैरह ख़रीदने के लिये पूरा बाज़ार खँगाला गया। चीज़ें इस तरह ख़रीदी गयीं, मानो प्रॉपर्टी ख़रीदी जा रही हो। रंगों, आकार और वज़न पर ख़ास ध्यान दिया गया। यूनीफ़ॉर्म पहनकर जब नन्दन सामने खड़ा हुआ, तो वह उन्हें संसार का सबसे खूबसूरत बच्चा लगा। अपनी नज़र अपने ही बच्चे को न लग जाये, स्त्री ने सोचा।

बच्चे के स्कूल जाने का पहला दिन उत्सव की तैयारी का दिन बन गया। कोई बस्ता बन्द कर रहा था, तो कोई जूते चमका रहा था। स्त्री नाश्ता और टिफ़िन तैयार करने में व्यस्त थी। आया ने उसे नहलाया। नन्दन आया के हाथों से ही नहाता था। वह नहाने के लिये कहे तो नन्दन तुरन्त बाथरूम में पहुँच जाता, अन्यथा नहाने में सौ दिक़्क़तें पैदा करता। हैन्की से लेकर पानी की बॉटल तक इस तरह सँभाले गये, गोया नन्दन एक लम्बी यात्रा पर जा रहा हो।

पुरुष ने उसे स्कूल पहुँचाया। बच्चे को भी इस नयी जगह के प्रति चाव था। वह हँसता हुआ 'बाय' करता, गेट के अन्दर चला गया। पुरुष लौट आया और स्त्री को बहलाता रहा कि कोई विशेष बात नहीं, स्कूल ही तो है। खेलकूद, कहानी, पोयम्स में यूँ ही समय कट जाता है। पर उसे भी लग रहा था कि कहीं नन्दन रो न रहा हो, उसका ध्यान स्कूलवालों ने रखा होगा कि नहीं? बच्चे ने कुछ खाया होगा या नहीं?

छुट्टी होने के समय से काफ़ी पहले ही, पुरुष स्कूल के गेट पर जा खड़ा हुआ था। घड़ी सुस्त हो गयी थी। बारिश के दिनों की धूप काट रही थी। बमुश्किल

घंटी बजी, छुट्टी हुई। ऑटो, रिक्शे, मोटर-साइकिलों और साइकिलों पर लोग अपने बच्चों को लेने हाज़िर हो गये। कुछ तो इतने लापरवाह थे कि छुट्टी होने के थोड़ी देर बाद ही पहुँच सके। पुरुष को ऐसे लोगों पर ग़ुस्सा आया।

तभी नन्दन की झलक दिखाई दी। पुरुष स्कूटर खड़ी कर उसी ओर लपका। स्कूलवाली आया ने देखा तो बच्चे को सिखाया—जब आपको लेनेवाला कोई भी आये तो हाथ ऊपर उठाने का, क्या?

नन्दन ने गर्दन हिलायी और हाथ उठा दिया। नन्दन हँसता हुआ दौड़ा और पुरुष की गोद में छपाक् से कूद गया। नन्दन को चूमते हुए वह स्कूटर तक आया। रास्ते में पुरुष ने नन्दन से सारी पूछताछ कर डाली—पानी पिया था? टिफ़िन खाया था? किताबें बस्ते में रख ली थीं? पानी की बॉटल कहाँ है? आदि-आदि। बच्चे को स्कूल में खूब मज़ा आया था। वहाँ खेल ही ज़्यादा होते रहे। नये दोस्त बने। एक लड़की का नाम भी याद हो गया—तानिया। उस पर स्त्री और पुरुष आदिम भाव से मुस्कुराये। स्त्री ने तानिया के बारे में बहुत-सी बातें पूछीं। बच्चा रुचि के साथ बताता रहा।

तानिया, अशरफ़ और प्रेमिल के साथ नन्दन की ख़ास दोस्ती हो गयी थी। लंच-रेसिस में वे एक साथ लंच लेते। बतियाते और खाने की चीज़ें शेयर करते। नन्दन ने तानिया से पूछा—तानिया, आपके पापा, आपको लेने नईं आते?

-नईं, वे तो ऑफ़िस जाते हैं।

-ऑफ़िस? ऑफ़िस क्या होता है?

-तानिया और बाक़ी दोस्त हँसे, प्रेमिल ने मज़ाक़ उड़ाया—अरे, इसे ऑफ़िस नहीं पता!

नन्दन अपनी अज्ञानता से सहमकर चुप हो गया, तब तानिया ने पराँठे का टुकड़ा मुँह में रखते-रखते कहा—पापा जहाँ जॉब करते हैं, वही ऑफ़िस होता है। मेरे पापा का ऑफ़िस खूब बड़ा है।

नन्दन पूछना चाहता था जॉब क्या होता है, पर अज्ञान के उसी डर से चुप रहा।

नन्दन ने स्कूल से लौटने पर रास्ते में पुरुष से पूछा—पापा, जॉब क्या होता है?

-जॉब माने काम। सब लोग रुपये कमाने के लिये जॉब करते हैं। उसी से खर्चे चलते हैं। स्कूल की फ़ीस देते हैं।

-आप नहीं करते?

-हम भी करते थे बेटा, हमने खूब काम किया। आपकी मम्मी ने भी जॉब किया। अब रिटायर हो गये हैं।

नन्दन फिर मुश्किल में पड़ा।

–रिटायर माने क्या होता है, पापा?

पुरुष हँसा। उसे बच्चे के सवालों के जवाब देना अच्छा लग रहा था—जब बहुत सालों तक जॉब करते रहते हैं, तो फिर सरकार रिटायर कर देती है कि आप ने बहुत सालों तक काम किया, मेहनत की, अब आराम कीजिए हम आपको रिटायर करते हैं।

नन्दन खुश हुआ—आप रिटायर हैं?

–हाँ।

–तो अब आपको रुपये नहीं मिलते?

–मिलते हैं। हमने खूब सारा रुपया कमाकर बैंक में जमा कर दिया है। अब बस निकालकर ख़र्च करते रहते हैं।

–आपके पास खूब सारे रुपये हैं?

–हाँ।

–मैं परमिल को बताऊँगा।

टुकड़ों-टुकड़ों में बच्चा अपने संसार से परिचित हो रहा था। रोज़ उसके सामने नये सवाल आ जाया करते। वह उनके उत्तर पाने के लिये आकुल हो जाता।

एक दिन उसने अपनी माँ से पूछा—मम्मा, आपके और पापा के हेयर्स व्हाइट क्यों हैं?

–पहले ब्लैक ही थे बेटा, पर अब व्हाइट हो गये।

–मेरे फ्रेंड्स के मम्मी-पापा के हेयर्स तो ब्लैक हैं।

–जिनके हेयर्स अभी ब्लैक हैं, उनके भी बाद में व्हाइट ही हो जाएँगे।

–मेरे फ्रेंड्स मुझे चिढ़ाते हैं।

–क्या कहते हैं?

–'योर पापा इज ओल्ड मैन'।

बच्चा उदास होकर सोफे पर लेट गया-मुझे अच्छा नहीं लगता।

बच्चे की उदासी ने स्त्री को दु:खी कर दिया। उसने उसे समझाने की बहुत कोशिशें कीं, पर बच्चा उदासी से बाहर न आ सका। स्त्री समझ न सकी कि इसमें इतनी दु:खद बात क्या है?

स्त्री ने बाद में यह बात पुरुष को बतायी। पुरुष कुछ देर तक सोचते रहने के बाद बोला—देखो, नन्दन को ऐसा नहीं लगना चाहिये कि उसके माता-पिता, दूसरे बच्चों के माता-पिता से अलग हैं। इससे उसमें हीन भावना आएगी। कॉम्पलैक्स डेवलेप होगा। वह अनमना होकर इंट्रोवर्ट हो जाएगा।

–पर इसमें इतना सीरियस क्या है?

–हमें उसकी आँखों से संसार देखना और समझना होगा। उसकी दुनिया में जाना और उसके हिसाब से जीना पड़ेगा। तभी वह खुलेगा।

–हाँ, उसे खुलना चाहिये। दुनिया के रंगों के साथ ही उसे जीना आना चाहिये।

–करेक्ट, यू आर जीनियस माई लव।

–फिर?

–फिर क्या, औरतोंवाला एक उपाय ही इसका इलाज है।

—व्हॉट डू यू मीन बाइ 'औरतोंवाला'?

–हेयर डॉय।

–औरतों की तुलना में मेल पर्सन ही ज़्यादा हेयर डॉय यूज करते हैं समझे।

–जी समझे। तो बाल काले करके हम लोग भी फिर से जवान हो जाएँगे!

–नकली जवान।

–पर मैं तो अपनी सफ़ेदी में भी भरपूर जवाँ-मर्द हूँ।

–मैंने तो कभी शक ज़ाहिर नहीं किया।

–वाह! क्या बात कही है?

पुरुष ने उसे कमर से पकड़कर, गोद में उठाकर एक चक्कर खिला दिया। फिर ज़रा देर बाद पुरुष ने स्वर बदला—पर लोग क्या कहेंगे? हँसेंगे कि बुढ़ापे में बाल काले करा रहे हैं। जवानी सूझ रही है?

–हाँ और कोई तितली रीझ भी तो सकती है। स्त्री ने उसे छेड़ा।

–हाँ, वो कला तो हमें आती है। दस तितलियों को एक साथ रिझा सकता हूँ, क्या समझीं?

स्त्री ने मज़ाक़ त्यागकर ताना कसा—अरे सुनो मियाँ, एक हम ही हैं जो अब तक निभाये जा रहे हैं। पर अब कोई घास तक न डालेगा, समझे?

–जब इतना शानदार खेत ही हमारे सामने है, तो फिर 'घास' की तरफ़ देखेगा ही कौन?

–हाँ, अब आये रास्ते पर।

–हम तो शुरू से ही रास्ते पर हैं, मैडम। आप ही हम पर आजकल नज़रे-इनायत नहीं करतीं।

दूसरे दिन वह नन्दन को स्कूल छोड़ता हुआ सैलून चला गया। सैलून के बाहर गाड़ी खड़ी की। फिर गाड़ी के पास ठिठका हुआ-सा खड़ा रहा। सैलून के उस बोर्ड को

ध्यान से पढ़ा, जिसे पहले भी कई बार वह पढ़ चुका था। उसने इधर-उधर इस तरह देखा, जैसे कि वह चोरी करने के लिये किसी घर में घुसने ही वाला है। सैलून की तरफ़ बढ़ने की कोशिश की, किन्तु पैर उठे ही नहीं। खड़ा-खड़ा सोचता रहा। कान खुजलाये, मूँछें सँवारीं। बालों पर हाथ फेरा। हिम्मत दगा दे रही थी। उसने इरादा छोड़ दिया। स्कूटर को स्टैंड से उतारा। सैलून पर नज़र डाली। सीट पर बैठा। किक पर पैर रखा। सैलून को देखा। वहाँ बैठे हुए लोगों को निहारा। मन ने सहारा दिया, आज बहुत भीड़ है, फिर किसी दिन देखा जाएगा। किक पर पैर का दबाव लगाया। स्टार्ट नहीं हुई। एक, दो, तीन। स्कूटर ने नोटिस ही नहीं लिया।

सैलून। स्कूटर। नन्दन। 'योर पापा इज ओल्ड मैन'।

उसने स्कूटर के मिरर में अपने सफ़ेद बालों की तफ़्तीश की। ताक़त बटोरी। अपने से कहा, बेटे के लिये करना पड़ेगा। करना ही पड़ेगा। स्कूटर से उतरा। उसे स्टैंड किया। पैंट ऊपर सरकायी। क़दम सैलून की तरफ़ बढ़ाये। शीशे का दरवाज़ा खोला। प्रविष्ट हुआ।

खाली सोफ़ा देखा। बैठ गया। समय काटने और असल घड़ी के आने पर अपने को तैयार रखने के लिये, उसने फ़िल्मी मैगज़ीन के पन्ने उलटने शुरू कर दिये। अभिनेताओं के काले बालों से उसे ईर्ष्या हुई।

उसकी बारी आने पर कटिंग ब्वाय ने कहा—आइये सर।

वह सीट पर जाकर बैठ गया।

-कटिंग सर?

-हाँ।

लड़के ने गले पर एक कपड़ा बाँध दिया। कपड़े से एक गन्ध उठी और उसके नथुनों में भर गयी। सिर पर पानी स्प्रे किया गया। उसने सोचा कि डाइ करने के बारे में भी बता दे। मन ने कहा, कटिंग के बाद बता देना।

कटिंग के बाद पूछा गया-सेव्ह करनी है सर?

-हाँ।

शेविंग होने लगी।

-और सुनो!

-जी सर।

-अच्छा बाद में बताते हैं।

-ओके सर।

शेव के बाद सवाल—आप कुछ कह रहे थे सर!

-हाँ, वो।

–डाय करना है सर?

–हाँ, हाँ, पर तुम कैसे जान गये?

लड़का मुस्कुराया और चुप रहा। वे भी। चुप्पी में ही सारे सवाल–जवाब थे। पुरुष ने सामने के बड़े आईने में कनखियों से देखा। लोग अपनी बारी का इन्तज़ार कर रहे थे। उनके प्रति किसी में कोई उत्सुकता न थी। एक नौजवान तो अपनी पसन्द का हेयर डाय लेकर इन्तज़ार में था।

लड़के ने उनके बालों की चम्पी की। डाय तैयार किया। ब्रश से बालों पर लपेटना शुरू किया। पूरे बाल लिथड़ गये।

सैलून के आईने में एक भिन्न व्यक्ति अवतरित हो गया। बीस साल कमउम्रवाला। पुरुष ने कई कोणों से अपने सिर का मुआयना किया। अपने में विश्वास भरने की ख़ातिर, सैलून–ब्वॉय से मज़ाक़ किया—यंग दिख रहा हूँ, न? कुछ गड़बड़ तो नहीं लगती।

वह भी कोई कम प्रोफेशनल न था, उसने प्रशंसा में कहा—गड़बड़ तो पहले थी, सर अब तो आप स्मार्ट दिखने लगे हैं।

–हूँ?

–यस सर।

–थैंक्यू।

पुरुष ने उसे रेट की तुलना में दस रुपये ज़्यादा दिये। पर सैलून से बाहर आते ही फिर पहलेवाली परेशानी ने उसे घेर लिया। उसके मन में अजीब–सी झिझक पैदा हुई। उसे लगा, सब उसी को देख रहे हैं। उस पर हँस रहे हैं। फिर उसने अपने को सँभाला और दुनिया को ठेंगे पर रखने के भाव से सिर तानकर चला। अब उसे किसी की परवाह नहीं थी। तुरन्त ही उसके सामने एक नया क्षण आकर खड़ा हो गया था। अब उसके अन्दर की झिझक ग़ायब हो चुकी थी। उसके अन्दर पहुँचकर अपना ठिकाना बना चुकी दृढ़ता ने उससे कहा–जब सभी लोग बाल काले कराये फिर रहे हैं, श्वेतकेशी सिर ग़ायब हो गये हैं, तो एक उसी ने कौन–सा अजूबा कर डाला है?

उसने स्त्री के लिये भी हेयर डॉय ख़रीद लिया।

छुट्टी होने पर जब नन्दन स्कूल से बाहर आया, तो उसने परिचित स्कूटर पर एक अपरिचित व्यक्ति को देखा। लेकिन दूसरे ही पल वह पहचान भी गया और अपने पापा की चिर–परिचित मुस्कान पकड़कर दौड़ा चला आया।

–अरे पापा, आपके भी हेयर ब्लैक हो गये?

–हाँ, बेटा।

–कैसे हो गये?

पुरुष हँसा—जादू से।

बच्चा किलका—हेईई...।

बाहर से प्रसन्न दिखते पुरुष के अन्दर हिचक के नये हिचकोलों ने जगह बनाने की एक और कोशिश की। अपने काले बालों को लेकर एक असहजता उस पर फिर तारी थी। कोई पहचान ले तो क्या कहेगा? उसने डिकी से निकालकर 'पी' कैप लगा ली। वह बार-बार, अपने मन के तालाब में, इस पार से उस पार और उस पार से इस पार फिंक रहा था।

नन्दन ने यूकेजी कक्षा पंचानवे प्रतिशत अंकों से उत्तीर्ण करके अपनी प्रतिभा के झंडे गाड़ दिये। नन्दन के लिये उपहार लाये गये। 'आश्रय' के सेक्रेटरी महोदय कलर-बॉक्स का एक खूबसूरत सैट लेकर आये।

स्त्री ने दाद पाने के उद्‌देश्य से कहा—हमें उम्मीद न थी कि इतने अच्छे मार्क्स लाएगा।

-लेकिन हमें तो थी। सेक्रेटरी ने मुस्कुरा कर कहा।

-अच्छा? पुरुष ने अचरज किया।

-हाँ, आख़िर बेटा आपका है!

वे दोनों आन्तरिक गौरव से निहाल हो गये।

बदले में स्त्री ने पूछा—आपके बच्चे क्या करते हैं?

-हमारे बच्चे? हमारे बच्चों की न पूछिये! कोई पालने में झूल रहा है, कोई नर्सरी में है और कोई फ़र्स्ट स्टैंडर्ड में। हम तो अपना स्कूल 'आश्रय' में ही चलाते हैं। नहीं तो बच्चों को जनरल स्कूलों में बहुत-सी दिक़्क़तें आती हैं। मानसिक दिक़्क़तें।

स्त्री ने अपने को सुधारकर कहा—मैं 'आश्रय'वाले नहीं, आपके अपने बच्चों के बारे में पूछ रही थी।

सेक्रेटरी साहब पल भर चुप रहे, फिर गम्भीर होकर बोले—वे ही मेरे बच्चे हैं। असल में हमें कोई औलाद नहीं है मैडम। बेगम को अन्दरूनी परेशानी है। डॉक्टरों ने कहा कि अगर बेगम माँ बनना चाहेंगी, तो उनकी ज़िन्दगी ख़तरे में पड़ जाएगी। इसलिये हमने बेऔलाद रहने का फ़ैसला किया है। अब 'आश्रय' के बच्चों में ही हमें अपने बच्चों की सूरतें नज़र आने लगी हैं। बेगम भी ईद-बक़रीद, शबे-बारात सारे त्यौहार इन्हीं बच्चों के साथ मनाती हैं। वे ही हमारी दुनिया हैं। हमारे बच्चे, आपके बच्चे ये भेद तो हमने पैदा कर लिये हैं, वरना तो सब बच्चे ही हैं,

खुदा के बाग़ीचे के फूल।

स्त्री आहत हुई कि उसने ऐसा बेकार-सा सवाल पूछकर सेक्रेटरी साहब को दुखी कर दिया। पुरुष को भी धक्का लगा। उसने बात सुधारने की ग़र्ज़ से कहा—आप दोनों कितने महान हैं! अपने निजी प्यार को फैलाकर आप लोगों ने उसे इतना ग्रेट बना दिया।

–नहीं-नहीं, हम महान-वहान कुछ नहीं हैं। इनसान हैं और अपने दुखों को, खुशियों में बदलने के तरीक़े सीखकर, दुनिया और दुनियावाले को जानने की कोशिश कर रहे हैं। असल में हमें क्या लगता है कि औलाद के ग़म में घुटते रहना, ज़िन्दगी को बेइज़्ज़त करने के समान है। वैसा जीना तो मरने से भी बदतर है। उससे ज़्यादा बड़ी ज़िन्दगी ये है। इसमें एक मक़सद है। ज़िन्दगी का मतलब है। अपने लिये तो सभी जीते हैं, औरों के लिये जीने में जो एक रूहानी, सुकून है, उसका कोई जवाब नहीं है। वह ज़रा अलग ही चीज़ है, उसे शायद बयाँ नहीं किया जा सकता। वह तो महसूस करने की चीज़ है। बस इसीलिये। यही हमारी इबादत है और यही हमारी ईदगाह भी है। बेगम का हमें इसमें बड़ा सपोर्ट है। खुदा उन जैसा नेक सबको बनाये। यूनिवर्सिटी-लायब्रेरी से आकर, आश्रय में ही रहते हैं। वहाँ भी बस किताबें ही पढ़ते रहते हैं। किताबें आदमियों से कहीं ज़्यादा बेहतर और भली होती हैं। दिल नहीं दुखातीं। सहारा ही देती हैं। रोना-हँसना उन्हीं के साथ। वहाँ आँसू हैं तो दामन भी है। लोग तो न जाने क्या-क्या समझते हैं? कोई हमें फ़रिश्ता कहता है, तो कोई चोर। कोई मुफ़्तख़ोर। निराली दुनिया, निराले लोग। खुदा तेरी दुनिया, खुदा तेरे लोग।

कहते-कहते उनकी आवाज़ नम हो गयी। वे एकाएक चुप हो गये। उनकी भावनाएँ जानकर ये दोनों, एक तरफ़ उनके प्रति श्रद्धावनत थे, तो दूसरी तरफ़ थोड़ा शर्मिन्दा भी, कि उन्होंने सेक्रेटरी साहब के दिल के घावों को कुरेद दिया। उन्हें चुप देखकर सेक्रेटरी साहब ने हँसते हुए कहा—अरे भाई, आप लोग इस तरह ख़ामोश क्यों हो गये? क्या हमें चाय-वाय नहीं पिलाइएगा?

स्त्री जी हाँ-जी हाँ करती हुई अन्दर भागी। वे दोनों उस हड़बड़ी को लक्ष्य कर हँसने लगे।

–आप नन्दन की बर्थ-डे पार्टी में, बेगम साहिबा को लेकर नहीं आये थे?

–हाँ, उस वक़्त उनकी तबियत नाशाद थी।

–अब किसी दिन ज़रूर लाइएगा।

–हाँ। वो भी आना चाहती हैं। उन्हें आप लोगों के बारे में पता है। मैं आप लोगों का ज़िक्र घर में अक्सर करता रहता हूँ।

चाय पीकर और नन्दन को दुआएँ देकर सेक्रेटरी साहब चले गये।

स्टैंडर्ड फ़र्स्ट में नन्दन के दोस्तों में और भी इजाफ़ा हो गया। वह एडॉप्टेड चाइल्ड है और कक्षा में अच्छी पोजीशन लाता है, इसलिये उसकी क्लास-टीचर मैडम और प्रिंसपल मैडम नन्दन को ख़ास तौर पर पहचानने लगी थीं। नन्दन एक बातूनी और प्यारा बच्चा था। क्लास-टीचर मैडम स्वभाव से ही बच्चों को प्यार करनेवाली और उनकी सहयोगी बनकर शिक्षा देने पर विश्वास करनेवाली युवा स्त्री थीं। फ़िलहाल अविवाहित थीं और बच्चों के बीच सबसे लोकप्रिय 'मिस'। एनुअल डे के कार्यक्रम के लिये उन्होंने स्कूल में एक नाटक, फैंसी ड्रेस कॉम्पीटीशन और कुछ प्रहसन तैयार कराये थे। स्वतन्त्रता पर आधारित नाटक में शहीद भगतसिंह के पात्र के लिये उन्होंने नन्दन का चुनाव किया था। रिहर्सल-रूम की दीवारों पर शहीद भगतसिंह, चन्द्रशेखर आज़ाद, राजगुरु, सुखदेव, गाँधी जी के चित्र टाँग दिये गये थे, ताकि बच्चे उन्हें आत्मसात कर सकें और प्रभाव भी ग्रहण करें।

नन्दन घर पर अभ्यास दुहराता। स्त्री और अम्मा उसके दर्शक होते। वह सिखाये गये जोश के साथ अपने संवाद बोलता—"अन्याय और भेदभाववाली सरकार मेरे देश में नहीं चल सकती। उसे जाना ही होगा। मेरा देश आज़ाद होकर रहेगा। इंक़लाब ज़िन्दाबाद!"

संवाद बोलने के बाद वह अपनी काल्पनिक-मूँछें भी ऐंठता।

स्त्री नन्दन को लेकर बरामदे में आयी। पुरुष हमेशा की तरह, सीस-पेंसिल लेकर शब्द-पहेली के प्रकोष्ठों को भरने में मशगूल था। स्त्री को देखते ही बोला—चाँदी का पर्यायवाची शब्द तो बताओ।

-रजत।

-अरे वाह! लो भर गयी पहेली। मैं तो इस पर न जाने कब से अटका हुआ था।

-पहेली छोड़िये और नन्दन की एक्टिंग देखिये। इनके स्कूल में ड्रामा होनेवाला है। नन्दन बन रहे हैं शहीद भगतसिंह।

पुरुष को विस्मय हुआ—एक्टिंग? नन्दन एक्टिंग कर रहे हैं? अरे वाह, दिखाओ भाई, हमें भी तो दिखाओ। अरे हीरो तो हम भी बनना चाहते थे मगर बम्बई भागने की कभी हिम्मत ही नहीं हुई। भाग जाते तो हीरो होते। भागा सो आगा।

पुरुष ने सीस-पेंसिल किनारे रख दी। नन्दन अकड़कर खड़ा हुआ, संवाद दोहराया। स्टेपिंग ली और आख़िर में अपनी काल्पनिक मूँछें उमेठकर दिखायीं। पुरुष ने आह्लाद से भरकर उसे गोद में उठाया और गालों को चूम लिया, फिर

अपनी मूँछें उमेठीं—मूँछें ऐसे उमेठी जाती हैं बच्चे, समझे।

–पापा, आपकी मूँछें कितनी अच्छी हैं शहीद भगतसिंह जैसी। प्रफुल्ल और तानिया के पापा की तो मूँछें ही नहीं हैं।

पुरुष ने नाटकीयता से जवाब दिया—मुच्छ नहीं तो कुच्छ नहीं हा...हा...हा...।

नन्दन अगले दिन स्कूल जाने को तैयार हुआ तो स्त्री टिफ़िन लेकर पीछे-पीछे भागी आयी और पुरुष से शिकायत की—देखिये न, नन्दन टिफ़िन नहीं ले जा रहा है।

–अरे क्यों? टिफ़िन रखो बेटे, भूख नहीं लगेगी क्या?

वह रूठकर बोला—मुझे नईं ले जाना टिफ़िन-विफ़िन।

–क्यों?

–मम्मी टिफ़िन में रोज़ पराँठा रख देती हैं। कभी नूडल्स या पिज्जा नहीं रखतीं। मेरे फ्रेंड्स चिढ़ाते हैं । पराँठा—ब्वाय कहते हैं।

दोनों चकित रह गये—नूडल्स-पिज्जा?

फिर कहा—अच्छा आज रख लो, कल से नूडल्स-पिज्जा ले जाना।

बच्चा खिल उठा—सच्ची पापा?

–हाँ बेटे।

उसने माँ की तरफ़ देखकर, उछलते हुए कहा—माय पापा इज ग्रेट!

पुरुष बच्चे को स्कूल छोड़कर लौटा तो नूडल्स का पैकेट भी लेता आया।

–लो ये है नूड्ल्स।

–मुझे तो नूडल्स बनाना नहीं आता।

–तो क्या हुआ? इसमें क्या मुश्किल है? इस पैकेट में बनाने की विधि लिखी है। चलो किचन में। मिलकर बनाते हैं।

वे दोनों पैकेट पर लिखी हुई विधि को पढ़-पढ़कर, नूडल्स बनाने के प्रयोग में ऐसे जुट गये, जैसे कुकरी क्लास के विद्यार्थी हों।

नन्दन स्टैंडर्ड टू में पहुँचा। पुरुष को उच्च रक्तचाप की शिकायत हुई। डॉक्टर ने सावधानी बरतने को कहा। बताया इससे पैरालिसिस का ख़तरा रहता है, अटैक भी आ सकता है। शान्त रहा करें। आराम करें। तनाव-मुक्त रहें। वैसे चिन्ता की कोई बात नहीं, साठ-पैंसठ साल के बाद इस तरह की परेशानियाँ आ ही जाती हैं। सुबह नाश्ते के बाद एम्लोप्रेस टेबलेट रोज़ खाया करें।

चिन्तामुक्ति की सलाह ने चिन्ताग्रस्त बना दिया। बेटे की खुशियों में वह अपना स्वास्थ्य, उम्र और ज़िन्दगी को भुलाये हुआ था। उस दिन उसने शब्द-

पहेलीवाला समय स्त्री के साथ विचार-विमर्श करने में ख़र्च किया।

-उम्र अड़सठ साल हो रही है ऊपर से हाई-ब्लडप्रेशर। कहीं कुछ हो गया तो?

स्त्री ने वर्जना की—कुछ नहीं होगा। ऐसी बीमारियाँ अब कॉमन हो चुकी हैं। सबका इलाज है। फ़ालतू बातें मत किया करो।

पुरुष ने कहीं शून्य में देखते हुए कहा—आज समझ में आ रहा है।

-क्या समझ में आ रहा है?

-यही, कि उस समय सेक्रेटरी साहब बच्चा देने में क्यों झिझक रहे थे?

स्त्री ने गुनहगार की तरह सिर झुका लिया।

-नन्दन को पढ़ाई पूरी करने में अभी पन्द्रह-सोलह साल और लगेंगे।

-हूँ।

-तब तक हम लोगों की उम्र हो जाएगी अस्सी-बयासी।

-हूँ।

-फिर इतना भी कौन जीता है?

स्त्री ख़ामोश रही।

-उल्टे नन्दन को ही हमारी देखभाल में लगना पड़ेगा।

-कुछ भी हो, उसकी पढ़ाई बीच में नहीं छूटनी चाहिये।

-यही चिन्ता मुझे भी है।

-यदि हमें बीच में ही कुछ हो गया तो?

पुरुष ने नाराज़गी दिखायी—अशुभ क्यों सोचती हो?

-अशुभ नहीं, भविष्य के बारे में सोचती हूँ। वह चाहे जितना भी अशुभ हो, पर बच्चे के हित में हमें सोचना ही होगा।

पुरुष चुप हो गया।

स्त्री ने कहा—सेक्रेटरी साहब कितने दूरदर्शी हैं। वे बहुत आगे की बात सोच रहे थे, जबकि हमें केवल बच्चा दिख रहा था।

-उल्टे हम उन पर शक कर रहे थे। अगर वैसा हो गया, तो हमारे नन्दन का क्या होगा? उसके फ्यूचर का क्या होगा? तुम्हारा क्या होगा?

-मेरी चिन्ता क्यों करते हो? मैं तो तुम्हारे सामने ही चल दूँगी।

वह हँसी।

-हँसी मत करो, सीरियसलि सोचो।

-मैं सीरियस हूँ।

-मान लो मुझे पैरालीसिस ही हो गया, हाथ-पैर जवाब दे गये तो हम तो नन्दन पर बोझ हो जाएँगे। वह मासूम बच्चा क्या करेगा? उसका रास्ता बन्द हो

जाएगा, ओह, कैसा अन्धकार ही अन्धकार है? कुछ भी समझ में नहीं आता।

पुरुष की कनपटियों में चिलकन हुई। उसने हथेली से अपना माथा पकड़ लिया।

स्त्री ने उसके हाथ पर अपना हाथ रखा—हताश मत होओ। रास्ता खोजो। रास्ते होते हैं, सिर्फ़ उन्हें खोजना पड़ता है। जो खोजना चाहता है, उसे ही वह मिलता भी है।

पुरुष गर्दन लटकाये ख़ामोश सुनता रहा।

–अच्छा, एक बात कहें? स्त्री ने पूछा।

पुरुष ने गर्दन उठायी।

–आप सेक्रेटरी साहब से सलाह करें। वही कोई रास्ता बता सकते हैं!

–तुम कहती तो ठीक हो, मगर उनके पास किस मुँह ये जाएँ? संकोच होता है, वे कहेंगे, यह सब तो पहले सोचना था। पहले क्यों नहीं सोचा?

–नहीं, वे यह सब नहीं कहेंगे। वे भले और समझदार आदमी हैं। अनुभवी हैं। कोई–न–कोई रास्ता ज़रूर निकाल देंगे। वैसे भी ब्लड–प्रेशर कोई बड़ी भारी बीमारी नहीं है। आजकल सबको हो जाती है। ज़्यादा चिन्ता करने की कोई बात नहीं है।

–पर अलार्म तो है ही कि चेत जाओ बच्चू, वरना।

–हाँ, तो चेतने से कौन मना कर रहा है?

वे हँसने लगे। चिन्ता की सघनता फटने लगी।

संकोच, ग्लानि और असमंजस के साथ, अगली ही शाम पुरुष 'आश्रय' जा पहुँचा। हमेशा की तरह, उसके साथ 'आश्रय' के लिये एक डोनेशन–चैक था। बच्चों के लिये उपहार थे। स्कूटर की आवाज़ सुनकर श्याम भाई बरामदे में आये और मुस्कुराये। पास आकर पैकेट वगैरह पकड़ने में मदद की।

पुरुष ने आत्मीयता से पूछा—कैसे हो भाई?

–अच्छा हूँ। आप कैसे हैं, मैडम जी अच्छी हैं? और हमारा नन्दन क्या कर रहा है आजकल?

–पार्टी के बाद कभी घर तो आप आये नहीं। सब कुछ यहीं पूछ लेते हो।

–क्या बताऊँ सर जी, फ़ुरसत ही नहीं मिलती। आप तो जानते हैं, मैं न्यूज–पेपर और अगरबत्तियाँ बेचता हूँ।

–हाँ–हाँ तो, हमें भी अगरबत्तियाँ अच्छी लगती हैं। न्यूज–पेपर हम भी पढ़ते हैं भाई, पढ़े–लिखे हैं।

दोनों हँसने लगे।

–तो, कल से हाज़िर हो जाएँगे।

–यह हुई न बात। हम सब अच्छे ही हैं, श्याम भाई। नन्दन तो अपने स्कूल का हीरो है। नाटक, स्पोर्ट्स, पढ़ाई सब में नाम कमा रहा है।

श्याम भाई खुश हो गये—ईश्वर उसे रोज़ ऐसी ही तरक़्क़ी दे। आइये अन्दर आइये। सेक्रेटरी साहब भी आते ही होंगे।

वे अन्दर गये। पैकेट सेक्रेटरी साहब की मेज़ पर रखे और अन्दरवाले साथियों से मिलने पहुँच गये—विमला बहन नमस्ते। गन्नू भाई राम-राम। फ़िरोज़ बाबू सलाम। अरे एक पालना और बढ़ गया! और मिंटू बेटे, क्या हालचाल हैं? मुनिया तू क्या सिल रही है?

सब अपने-अपने क़िस्से सुनाने लगे। गन्नू भाई मिठाई ले आये—सर, मिठाई खाओ।

–मिठाई किस बात की?

–कल मुनिया का बर्थ-डे मनाया था हम लोगों ने, उसी की है।

–अरे वाह! हैप्पी बर्थडे मुनिया।

–थैंक्यू अंकल।

बाहर आहट हुई। श्याम भाई बोले—शायद सेक्रेटरी साहब आ गये।

पुरुष की मुस्कान ग़ायब हो गयी। वे बिना उत्साह चलकर सेक्रेटरी साहब के कमरे तक आये। सेक्रेटरी देखकर मुस्कुराये, कहा—अरे वाह! मैं आपके बारे में ही सोच रहा था कि आज मुलाक़ात करनी है।

–और मैं खुद मुलाक़ात करने आ गया।

सेक्रेटरी चौंके—इतने उदास क्यों हैं? क्या कोई जेल-मुलाक़ात के लिये आये हैं?

सब हँसने लगे। इस मज़ाक़ ने माहौल को खुशगवार बना दिया। पुरुष की निगाह ऊपर शहतीर पर गयी। वह सूनी थी। उस पर कबूतर न थे।

उन्होंने पूछा—अरे कबूतर कहाँ गये?

–उड़ गये। यह तो रैन-बसेरा है। चन्द दिनों का ठिकाना। सब अपनी-अपनी मंज़िल की ओर निकल ही जाते हैं। रह जाते हैं हम और श्याम भाई और हमारे साथी। पर, सब एक नयी दुनिया में जाते हैं, एक नयी ज़िन्दगी बसर करने। उनका जाना दुखदायी तो होता है, पर मन को सुकून भी मिलता है। और सब कुशल-मंगल तो है?

–जी हाँ आपकी दुआ है।

फिर पुरुष ने, धीरे-धीरे मुख्य विषय पर उतरते हुए सारी बातें बतायीं।

सेक्रेटरी साहब ने न तो ताना दिया, न उपहास किया और न ही याद दिलाया कि देखिये हम तो पहले ही कह रहे थे, आपने ही तब इस पर कुछ नहीं सोचा।

वे बोले—चिन्ता की कोई बात नहीं है, ज़िन्दगी में सब तरह के हालात आते हैं। हमें उन सब का सामना करना चाहिये। अच्छे-बुरे हालात आते हैं, तो वहीं से नये रास्ते भी पैदा होते हैं।

फिर उन्होंने सब बातों पर ग़ौर किया और अपने सुझाव दिये। दो घंटे की लम्बी बैठक के बाद जब पुरुष 'आश्रय' से बाहर निकला, तो बेचैनी की जगह इत्मीनान था और परिस्थितियों को उलट देने का ख़ास हौसला भी।

पुरुष घर पहुँचा तो नन्दन जूते-मोज़े पहनकर बरामदे में तैयार खड़े थे। पुरुष ने पूछा—क्या बात है नन्दन जी, कहीं जा रहे हैं क्या?

–अरे पापा, आप भूल गये?

–क्या?

–आपने आज चाट खिलाने का प्रॉमिस किया था।

पुरुष ने माथा ठोका—ओह सॉरी बेटा, मैं तो भूल ही गया था। अभी चलते हैं।

पुरुष ने स्त्री को सूत्र रूप में बताया कि मुलाक़ात हो गयी है और सलाह-मशवरा भी हो गया। मैं मुँह-हाथ धो लूँ, तब तक तुम भी तैयार हो जाओ।

–मैं क्या करूँगी? आप दोनों बाप-बेटे ही चाट खा आओ। मेरे सिर में दर्द है। मैं डिस्प्रिन लेकर लेटूँगी।

–अरे, बताया क्यों नहीं? चाट कल खा आएँगे।

–ऐसी बात नहीं है, मेरा मन नहीं है। आप नन्दन को लेकर चले जाइये। वह बहुत देर से आपका रास्ता देख रहा है।

–ओके।

पुरुष तैयार होकर आया, नन्दन उछलकर साथ हो गया। पुरुष ने स्कूटर निकाला। किक लगायी एक-दो-तीन पर स्कूटर पर कोई असर नहीं हुआ, चार-पाँच-छह, पुरुष हाँफ़ने लगा।

नन्दन ने कहा—पापा, आप बाइक ले लीजिये!

–क्यों, स्कूटर तो है अपने पास।

–पुरानी हो चुकी है और यह तो लेडीज़ सवारी है पापा। जेंट्स सवारी तो बाइक है। सबके पापा बाइक ही चलाते हैं।

–अच्छा ये लेडीज़ सवारी है? सुन लो ज़रा, नन्दन क्या कह रहे हैं?

–हाँ पापा, सब लड़के स्कूटर को लेडीज़ सवारी ही कहते हैं।

बीसवीं किक के साथ स्कूटर स्टार्ट हो गया।

–लो हो गया, अब चलें?

–पापा, बाइक ले लो।

–बाद में देखेंगे। अभी तो चलो।

नन्दन मुँह बनाते हुए बैठ गया। स्कूटर ने खड़-खड़ की आवाज़ की। कुछ हिचकोले खाये और चल पड़ा।

पुरुष ने कुछ दिनों तक 'शब्द-पहेली' के ख़ब्त को विश्राम दे दिया। वह नन्दन के भविष्य के लिये बढ़िया-से-बढ़िया आर्थिक नियोजन करने में जुटा रहा। उसने नन्दन की पढ़ाई-लिखाई के लिये तथा अचानक आ जानेवाले ख़र्चों के लिये धन की अलग-अलग व्यवस्थाएँ कीं। बैंक, फ़िक्स-डिपॉजिट और इंश्योरेंस कम्पनी उसकी मददगार बनी। कुछ रकम इस तरह डिपॉजिट कर दी गयी कि नन्दन को हर तीसरे साल परिपक्व होकर एक बड़ी रक़म मिलती रहे। पोस्ट-ऑफ़िस से मिलनेवाले मासिक ब्याज और इंश्योरेंस-पॉलिसियों में नन्दन को नामित कर दिया गया। मकान का उत्तराधिकार भी तय हो गया। बचा रह गया सिर्फ़ वसीयतनामा। सेक्रेटरी साहब ने एक ऐसे वसीयतनामे की सलाह दी थी, जो नन्दन के अवयस्क काल में, उसके लिये एक सहयोगी भूमिका अदा कर सके।

स्त्री ने सुझाव दिया—ऐसे लोगों को नन्दन की ज़िम्मेदारी देकर उनके नाम वसीयतनामे में डाले जाएँ, जो भविष्य में उसकी मदद ज़िम्मेदारी के साथ कर सकें।

–हाँ, ये ठीक है, मगर वे कौन लोग होंगे? रिश्तेदारों का रवैया तो तुम्हें पता ही है, हमने जब से नन्दन को एडॉप्ट किया है, सब नाराज़ ही चल रहे हैं।

–नाराज़ नहीं, ईर्ष्या-जलन में चल रहे हैं। उनकी निगाह तो हमारे धन पर है।

–ईर्ष्यालु लोग क्या नन्दन की मदद करेंगे?

–उल्टा ही करेंगे।

–तब?

–तब!

यह तब कई दिनों तक उन्हें परेशान करता रहा।

एक दिन स्त्री ने ही कहा—वसीयत लागू कराने के लिये जिन लोगों के नाम डाले जाने हैं, उनमें एक तो अपने सेक्रेटरी साहब ही हो सकते हैं।

–हाँ, उनका नाम तो मैं तय कर ही चुका हूँ। उनका और श्याम बाबू का। पर

ये दोनों भी तो बुजुर्ग ही हैं।

-फिर?

पुरुष के मन में कोई बात कौंधी—ऐसा करते हैं कि नन्दन से ही पूछते हैं कि उसे सबसे प्यारे कौन लगते हैं?

स्त्री मुस्कुरायी—पूछ लो।

नन्दन को बुलाकर जब पूछा गया तो उसने तपाक से कहा—मम्मी-पापा!

वे दोनों वात्सल्यजनित आवेग से भर गये।

-और?

-और अम्मा।

अम्मा माने आया।

पुरुष ने स्त्री से कहा—अरे 'अम्मा' का ध्यान तो हमें आया ही नहीं।

-और?

-और तानिया।

-तानिया? वे मुस्कुराये।

-हाँ।

-और तानिया की मम्मी, वे मुझे पिज्जा खिलाती हैं।

-और?

-और क्लास-टीचर मैम। वे मुझे 'वेरी गुड' देती हैं।

-अरे वाह! और?

-और! और! प्रिंसपल मैम। वो हैं न, हमेशा हँसती रहती हैं और 'माई चाल्ड' कहती हैं।

-अच्छा।

-हाँ। चाइल्ड मीन्स बेटा।

-और?

-और? और कोई नईं।

नन्दन के बताये नामों के बारे में सेक्रेटरी साहब से चर्चा की गयी। प्रिंसिपल मैम, क्लास-टीचर मैम, तानिया की मम्मी और अम्मा अर्थात आया का नाम वसीयत में शामिल किये गये। सेक्रेटरी साहब और पुरुष ने उन सभी से बात की और सहमतियाँ हासिल कर लीं। वसीयतनामा बनवाने में वकील की सहायता ली गयी, और उसे रजिस्टर भी करा लिया गया। उसमें जिनके नाम डाले गये थे, उन सबके पास वसीयत की एक-एक प्रति रखवा दी गयी। मूल प्रति सेक्रेटरी साहब के पास रखवायी गयी।

सब हो जाने पर पुरुष ने खुश होकर स्त्री को बताया—अब कोई चिन्ता नहीं। सारी व्यवस्था ठीक-ठीक हो गयी। कहीं कोई कमी नहीं। हंड्रेड परसेंट परफेक्ट। नो डाउट एनीव्हेयर। अब मैं चैन से मर सकता हूँ।

स्त्री ने नाराज़ होकर कहा—क्या यह सब हमने मरने के लिये किया है?

–नहीं, नन्दन के लिये।

–तो बेकार की बातें क्यों करते हैं?

–अच्छा बाबा, नहीं करेंगे। अब हम चैन से जी सकते हैं।

–ये हुई न बात।

पुरुष आज उतना ही खुश था, जितना वह अक्सर शब्द-पहेली भरने के बाद हुआ करता है।

नन्दन के स्टैंडर्ड टू का रिजल्ट भी उम्दा रहा। पुरुष ने बाइक की ख़रीदी टालते-टालते पूरा साल निकाल दिया था अब और टालने की कोशिश नन्दन को दुःख देगी; यह सोचकर पुरुष ने रिजल्ट के तोहफे के रूप में बाइक घर ले आने का इरादा बनाया। स्कूटर भी ज़्यादा तंग करने लगा था। पच्चीसों किक लगतीं तब स्टार्ट होता और एक्सीलेटर कम करते ही बन्द हो जाता। 'स्कूटर लाओ-बाइक ले जाओ' योजना में स्कूटर के तीन हज़ार रुपये मिले और पोस्ट-डेटेड चैक्स देकर बाइक मिल गयी। यों सात-आठ सौ रुपये महीने का नया ख़र्च आ गया। नन्दन ने उछल-उछल कर और तालियाँ बजा-बजा कर बाइक का स्वागत किया। वह बाइक पर सवार हो गया और मुँह से कृत्रिम आवाज़ निकालकर काल्पनिक यात्राएँ करता रहा। स्त्री ने बाइक की पूजा की। प्रसाद चढ़ाया। नन्दन बाइक पर ही बैठा रहा। वे दोनों भी उसकी खुशी का आनन्द लेते रहे और अपार सन्तोष का अनुभव करते रहे। दो घंटे बाद नन्दन बाइक से नीचे उतरा।

उसने कहा—पापा! एक बात कहें।

–हाँ, कहो बेटा।

–जब आप जीन्स पहनकर बाइक चलाएँगे न तो जॉन अबराहम लगेंगे।

–अच्छा! जॉन इब्राहीम? पुरुष ने नन्दन को खुश करने लिये बड़ा अचरज किया।

–इब्राहीम नहीं पापा अबराहम।

–ये कौन है भाई, तुम्हारा कोई दोस्त है क्या?

–हीरो है पापा। स्मॉर्ट एँड माचो।

–माचो?

–अब माचो का मीनिंग आप डिक्शनरी में देख लेना न पापा।

–तो वो एक्टर है?

–हाँ। हीरो द ग्रेट।

पुरुष ने उसे चिढ़ाने के लिये कहा—काहे का हीरो, सुना है बाइक से गिर गया था। हाथ-पैर तुड़ा बैठा। महीना-भर हॉस्पिटल में रहा।

–अरे, आपको पता है? नन्दन को आश्चर्य हुआ।

पुरुष ने दिखावटी अभिमान से कहा—तो तुम क्या समझते हो? पापा को सब पता रहता है, समझे।

–वाउ माइ पापा इज ग्रेट। पर आप जीन्स ख़रीद लो पापा!

–चल! क्या हम अब इस उम्र में जीन्स पहनेंगे?

–सब पहनते हैं।

–ज़रूरी नहीं कि सब जो करें, वही मैं भी करूँ।

दिन पंख लगाकर उड़ते रहे। समय की घड़ी अपनी रफ़्तार से चलती रही।

स्त्री एक दिन वायरल फ़ीवर से ग्रस्त हुई। चैक-अप कराने पर ज्ञात हुआ कि हीमोग्लोबिन घटकर पाँच प्रतिशत रह गया है।

रिपोर्ट देखकर पुरुष नाराज़ हुआ—तुम खुद के प्रति बहुत लापरवाह हो गयी हो। और तुम ही क्या हिन्दुस्तान की सभी औरतें अपने लिये इतनी ही लापरवाह होती हैं। सबकी फ़िक्र करेंगी, बस खुद की नहीं करेंगी।

–जो सबकी फ़िक्र करता है, कोई तो ऐसा हो, जो उस अकेले की फ़िक्र करे।

जवाब में पुरुष ने अनार, एपल, हैप्टोग्लोबिन टॉनिक, गुड़, टमाटर सब लाकर रख दिये, कहा—कम्पलीट बेड-रेस्ट। उठना नहीं है, समझीं?

–हाँ, समझ गयी। वह मुस्करायी।

–मुस्कुराने से काम न चलेगा। सचमुच रेस्ट करना है। जानती हो न, नन्दन को तुम्हारी कितनी ज़रूरत है।

–मुझसे ज़्यादा तो आपकी है।

–मैंने अपने हिस्से का सब काम कर दिया है। अब जो बचा है, वह तुम्हारे हिस्से का है।

स्त्री मुस्कुरायी—देखना, पहले मैं जाऊँगी।

पुरुष का शरीर थरथरा गया, उसने कमज़ोर स्वर में कहा—सवाल यह नहीं है कि पहले कौन जाएगा, बल्कि हमारी कोशिश तो यह होनी चाहिये कि हम ज़्यादा से ज़्यादा देर से जाएँ ताकि नन्दन को कोई तकलीफ़ न हो। हमारे बिना वह क्या करेगा? हम, हम उसे दोबारा अनाथ कैसे बना सकते हैं? हमने अपने-आप से यह

वादा किया है कि हमें अपनी ज़िम्मेदारी भरपूर तरीक़े से निभानी है। इस वादे को हमें मिल-जुलकर पूरा करना ही है। एक-दूसरे के बचे हुए कामों को अपने ज़िम्मे लेने की तैयारी सहित।

-हाँ। हमें अपने आप को बचाये रखना होगा। ज़्यादा से ज़्यादा।

-तो कहो कि फिर ऐसी बात नहीं करोगी।

-नहीं करूँगी बाबा।

-जल्दी ठीक होने के लिये, मन से तैयार रहोगी।

-प्रॉमिस।

पुरुष ने स्त्री की देखभाल सँभाल ली। फलों का जूस निकालता, दवा पिलाता और डोज कम न हो, इस बात पर ख़ास ध्यान देता। स्त्री की जीभ और दाँत अनार-जूस से नीले हो गये थे। सुबह का नाश्ता पुरुष बनाता और खाना बनाने में अम्मा मदद करती। नन्दन को नाश्ता पसन्द न आता, परन्तु मम्मी की बीमारी के कारण चुपचाप खा लेता। किसी बात की ज़िद न करता। पापा की हेल्प करने की कोशिश करता। दूधवाले से दूध लेता, न्यूजपेपर उठा लाता और कभी-कभी तो झाड़ू भी लगाने लगता।

हफ़्ते-भर बाद फिर चेक-अप हुआ तो पता चला हीमोग्लोबिन का प्रतिशत रत्ती-भर भी नहीं बढ़ा है। खून चढ़ाना ही एकमात्र विकल्प बचा था। पुरुष ख़ून चढ़ाये जाने के ख़िलाफ़ था, क्योंकि खून की शुद्धता का सवाल था, पर अब, जबकि खून चढ़ाना ज़रूरी हो गया था, वह इस विषय में थोड़ा नरम पड़ गया था। स्त्री को 'ओ पॉजीटिव' ग्रुप का खून चाहिये था। पुरुष का 'ए ग्रुप' तथा अम्माँ का 'बी' था। इधर-उधर तलाश की गयी। श्याम भाई अगरबत्तियाँ देने आते थे, उन्होंने कहा-मेरा भी 'बी' है, पर अपने सेक्रेटरी साहब का खून 'ओ' ग्रुप का है, उनका ले लीजिये।

श्याम भाई ने सेक्रेटरी साहब को बता दिया था, उनका फ़ोन आ गया था कि जब चाहे बुला लीजिएगा।

स्त्री को संकोच हुआ—उनका खून लेंगे?

-क्यों?

-नहीं, कुछ नहीं ऐसेई।

-ऐसेई क्या, वे मुस्लिम हैं यही!

स्त्री चुप रही।

-जब बेटा उनसे लिया है, तो फिर खून लेने में परहेज़ क्यों?

-आप बात को कहाँ से कहाँ ले जा रहे हैं, मैंने तो यूँ ही कहा। वे इतने बुजुर्ग हो गये हैं, इसलिये।

-ओ. के., अच्छा देखो आज तुम्हें हॉस्पिटलाइज होना होगा। कल संडे है, नन्दन की छुट्टी रहेगी, तो स्कूल की हबड़-दबड़ भी नहीं होगी। दोपहर बाद जब नन्दन स्कूल से आ जाएगा, तब हम लोग हॉस्पिटल जाएँगे।

स्त्री ने थकान से आँखें मूँद लीं। पुरुष स्त्री के पास ही थोड़ी देर तक ख़ामोश बैठा रहा, फिर उठने लगा। स्त्री ने उसका हाथ पकड़ लिया—सुनो

-हाँ, बोलो।

स्त्री ने टकटकी लगाकर पुरुष का चेहरा देखा और फिर बड़ी तरलता के साथ पूछा—मैं ठीक तो हो जाऊँगी?

पुरुष हँसने लगा, ढाढ़स बँधानेवाली हँसी—अरे यह भी कोई बीमारी है? हिन्दुस्तान की सत्तर फ़ीसदी औरतों को हीमोग्लोबिन की कमी रहती है। चिन्ता न करो, सब ठीक हो जाएगा। बस, खून चढ़ा और तुम चंगी हुईं।

-नन्दन को हम-दोनों की बहुत ज़रूरत है।

-हाँ, यही तो मैं भी कह रहा हूँ।

-और?

-और क्या?

-आपको तो मेरी और भी ज़्यादा ज़रूरत है।

पुरुष ने स्त्री के हाथ पर अपना दूसरा हाथ रख दिया। आँखें सजल हो गयीं—इसीलिये मैडम आपको ब्लड चढ़ेगा।

उसने स्त्री के हाथ को प्यार से थपथपाया।

बच्चों की छुट्टी होने में अभी वक़्त था, लेकिन पुरुष स्कूल के गेट के बाहर पहुँच गया था। उसने और उसके जैसे अन्य अभिभावकों ने अपने-अपने वाहनों को खड़ा करने के लिये, एक जगह निश्चित कर ली थी और वे प्रतिदिन वहीं रुकना तथा अपने-अपने बच्चों का इन्तज़ार करना पसन्द करने लगे थे। हालाँकि हर बार वही जगह उन्हें मिले, यह मुमकिन नहीं होता था। कोई और भी वहाँ खड़ा रहकर इन्तज़ार करता मिल जाता था, तब थोड़ा अटपटा तो लगता, परन्तु चन्द मिनटों के इन्तज़ार की घड़ियाँ कहीं भी गुज़ारी जा सकती हैं, ऐसा सोच लेने पर बोझ उतर जाता था। स्कूल के सामने स्कूटर और बाइक ही ज़्यादा होतीं। कभी-कभार एकाध कार भी दिख जाती।

सहज रहने की लगातार कोशिशों के बावजूद एक भीतरी असहजता उसे बेचैन बनाये हुए थी। सेक्रेटरी साहब को उसने पहले ही फ़ोन कर दिया था कि वे

हॉस्पिटल पहुँच जाएँ। नन्दन को स्कूल से लेकर वह भी पहुँच जाएगा। यही बात पुरुष के दिमाग़ में लगातार भनभना रही थी। तन स्कूल में और मन कहीं और था।

छुट्टी की घंटी बजी। स्कूल का बड़ा-सा द्वार खुला। बच्चों की यूनिफ़ॉर्म का रंगीन सैलाब ख़रामा-ख़रामा बाहर आया। स्कूल के अनुशासन की ज़द में बच्चे धीमे क़दमों से चले और गेट पार करते ही आज़ादी ने उन्हें अपनी बाहों में लपक लिया। अपनी पीठ पर बस्ता लादे हुए वे, बेताबी की पीठ पर सवार होकर फ़ुर्र हो जाने को तत्पर थे। यूनिफ़ॉर्म के रंगों की एक झिलमिल-नदी के कलरव से भरे हुए बहाव में से निकलकर, नन्दन कब उसके पास आकर खड़ा हो गया, पुरुष को यह पता ही न चला। वह कहीं और डूबा हुआ था। नदी के बहाव में आँखें डुबाकर भी, कहीं और जा चुका था।

नन्दन ने पुकारा—पापा!

बच्चे की पुकार सुनते ही पुरुष अपने आप में लौट आया—हाँ, बेटे।

-चलिये पापा, मैं आ गया।

पुरुष ने बाइक में बस्ता रखा। नन्दन आगे सवार हुआ। बाइक स्टार्ट हुई। नन्दन ने स्विच दबाया, हॉर्न बजा। बाइक चली। बाल उड़े और हवा का दबाव पलकों को ठेलने लगा।

-पापा, मम्मी की तबीयत कैसी है?

-अच्छी है, बेटे।

-आपने अपनीवाली टेबलेट खायी, पापा?

-खायी बेटे।

थोड़ी देर ख़ामोश रहकर नन्दन बोला—इस बार मेरा हैप्पी-बड्डे नहीं मनाना पापा।

-अरे क्यों?

-उस में जो रुपये ख़र्च होते हैं न, हम उन्हें सेव करेंगे, ताकि वो पैसे मम्मा की दवा के काम में आएँ। और फिर अब तो मैं बड़ा हो गया हूँ न पापा, और बड़ों का हैप्पी-बड्डे नहीं मनाया जाता। सिर्फ़ बच्चों का मनाया जाता है।

पुरुष हँसा—अरे वाह, हमारा बेटा तो कितना समझदार हो गया है! पर इसकी ज़रूरत नहीं पड़ेगी, क्योंकि मम्मी की दवा के लिये पापा के पास बहुत सारे रुपये पहले से ही रखे हैं। नन्दू बाबा को फ़िक्र करने की कोई ज़रूरत नहीं है।

-नहीं पापा, आपके पास रुपये हैं, तो भी। हमने कहा न कि हम अब बड़े हो गये हैं और हमारी भी तो कोई ज़िम्मेदारी है कि नईं?

पुरुष हँसा—अरे, कितनी बड़ी-बड़ी बातें करने लगा है हमारा बेटा? ये तो

बड़ी अच्छी बात है कि आप बड़े हो गये हैं पर।

पुरुष आगे कुछ कहना चाहता था, परन्तु पीछे से चली आ रही बस के कर्कश हॉर्न ने उसकी आवाज़ को ग़ायब कर दिया। पुरुष के कान सुन्न पड़ गये। नन्दन ने दोनों हाथों से अपने कान बन्द कर लिये। पुरुष ने बाइक को पहले ही सड़क के किनारे कर लिया था और गति भी धीमी कर ली थी। पुलिया होने के कारण बाइक को और किनारे नहीं ले जाया जा सकता था।

हॉर्न फिर बजा और बजता रहा। बस आगे निकल जाने के लिये उतावली हुई जा रही थी, इसीलिये किसी आवारा साँड़ की तरह, कहीं से भी घुसकर निकल भागने की बदहवासी दिखा रही थी। पुलिया की दीवार से पुरुष का पैर चिपका हुआ था और बाइक को उसने, उसी तरफ़ को तिरछा भी कर लिया था, ताकि बस उन्हें बिना छुए निकल जाए। पर तभी बाइक को पीछे से एक ज़बरदस्त धक्का लगा और सब कुछ हवा में बिखर गया। बाइक पहले ऊपर की ओर उछली, फिर ज़मीन से घिसटती हुई दूर तक चली गयी। नन्दन का टिफ़िन-बॉक्स हवा में उड़न-तश्तरी की तरह उड़ा, ऊपर गया और फिर हवा में नाचते हुए, ज़मीन पर उतरने लगा था।

शुरू के कई क्षणों तक पुरुष को यह समझ में ही नहीं आया कि आख़िर हुआ क्या है? जैसे उतना वक़्त, उसे छोड़कर कहीं अलोप हो गया था। मुट्ठी जैसे खुल गयी थी और उसमें बन्द अमूल्य ख़ज़ाना बिखर चुका था। पुरुष ने लहूलुहान चेहरे में, मिचमिचाती हुई पलकों को थिर करके, किसी तरह देखने की कोशिश की। उसे अपनी पिचकी और बेढब हो चुकी बाइक का लुटा-पिटा आकार दिखायी दिया। देखा और आगे के बुरे अनुमानों ने उसके दिमाग़ पर एक हथौड़ा चलाया। तभी उसकी आँखों पर एक ज़बरदस्त क़िस्म का बोझ-सा आया और न चाहते हुए भी उसकी पलकें ढह गयीं। चन्द पलों के बाद ही उसने फिर से ताक़त बटोरी और अपने आसपास देखने की कोशिश की, परन्तु नन्दन कहीं दिखायी नहीं दिया। पगलायी हुई बस अब भी भागी जा रही थी। ट्रैफ़िक ठहर गया था। लोगों के रेले के रेले भागते हुए हादसेवाली जगह पर चले आ रहे थे। पुरुष के कान में, दौड़ते हुए जूते-चप्पलों की ध्वनियों के नगाड़े-से बजे जा रहे थे। लोगों की चीख़-पुकार से पुरुष की बटोरी हुई ताक़त भी फिसल गयी। भीड़ जमा हो गयी थी। शोर बढ़ता जा रहा था और पुरुष की आँखें फिर से मुँदने लगी थीं।

छोटे-मँझोले शहरों में हादसों की ख़बर बड़ी तेज़ी से फैलती है। पुरुष जहाँ रहता था, उस कॉलोनी में, 'आश्रय' में और नन्दन के स्कूल में दुर्घटना की ख़बर ने बिजली ही गिरा दी थी। लोगों ने सुना और सुनते ही वे हस्पताल की ओर भागने लगे थे। शहर का एकमात्र ज़िला-हस्पताल लोगों की भीड़ से भर गया था। उसका

भवन और अहाता भीड़ को सँभाल पाने में असमर्थ हुआ जा रहा था। यह तमाशाई भीड़ न थी, जैसी कि बड़े शहरों में हुआ करती है। यह तो दुखी और सहृदय लोगों की भीड़ थी, जिसमें मदद पहुँचाने का उतावलापन छलक रहा था।

पाँच लाख की आबादीवाले शहर का अधिकतर हिस्सा, इस बात से वाकिफ़ था कि उनकी अपनी कोई सन्तान नहीं है और उन दोनों ने अनाथाश्रम से बच्चा गोद लिया है, वह भी बुढ़ापे में। हालाँकि इसे पोशीदा रखने की पूरी-पूरी कोशिशें की गयी थीं, पर प्रत्येक जानकार ने, किसी और को न बताने की हिदायत देते हुए, ख़बर आगे बढ़ाने के काम को बड़ी खूबी के साथ पूरा किया था। शुरू-शुरू में लोगों ने इसे एक अचम्भे की तरह ही लिया था। वे हँसा करते थे, पर बाद में, उन्हीं लोगों ने, अपने अचम्भे को स्वयं ही विदा कर दिया था और अपनी समूची सहृदयता उनके प्रति उड़ेल दी थी। ख़ामोशी के साथ ऐसा माहौल बन गया था, जैसे उस बच्चे को सैकड़ों लोगों ने गोद ले रखा हो। चुपचाप। बिना दिखावा किये। मनों से, भावनाओं से, हृदयों से। ऐसे लोगों के शहर, अब होते ही कितने हैं। वह था, इसीलिये भागते-भागते ठहर गया था। जो हिस्सा ठहराव में भी, खुद को स्थिर न रख सका, सरकारी हस्पताल के अहाते में आकर जमा हो गया था कातर।

अन्दर से ख़बर आयी—खून की ज़रूरत है। फिर वह ख़बर एक से दूसरे के पास से होती हुई, अहाते में मौजूद हर कान तक पहुँची। उत्तर में 'हमारा ले लो' की ध्वनियाँ-प्रतिध्वनियाँ गूँजने लगीं। खून लेने-देने की व्यवस्थावाले कक्ष के आगे, खून देनेवालों की कतार लग गयी। पैथॉलॉजिस्ट ने इस उतावलेपन और जज़्बे का मन-ही-मन स्वागत किया। पर नौजवानों में से सिर्फ़ आठ-दस को ही अपने पीछे आने के लिये कहा। बाक़ी बाहर रुके रहे। रक्त-जाँच होने लगी। स्टाफ़ की कमी से जूझते हस्पताल में अनगिनत सहयोगियों और मददगारों का अतिरेक भर गया। दवाइयाँ, फल, कॉटन आदि चीज़ें बिन बुलाये आने लगीं। अहाते में प्रार्थनाएँ और दुआएँ करनेवालों के होंठ बुदबुदाने लगे। पलकें बन्द होकर फ़ड़-फ़ड़ करने लगीं। औरतें रोती रहीं और आसमान के हाथ जोड़ती हुईं, न जाने क्या-क्या माँगती भी रहीं।

हे प्रभो! सब कुशल रखना। बेचारा परिवार अनाथ न हो जाये। उन सबको एक-दूसरे की बेहद ज़रूरत है। उन्हें जुदा न करना।

या खुदा! तू बड़ा कारसाज़ है। यहाँ तक इनकी गाड़ी ले आया है, तो बीच में ही उसका कोई पहिया मत निकल जाने देना।

पर उस गाड़ी का सबसे नन्हा पहिया निकल चुका था।

'आश्रय' के दफ़्तर में श्याम भाई ने सेक्रेटरी साहब से कहा—वे तो एकदम पथरा गये हैं। जाने क्या होगा उनका?

सेक्रेटरी साहब ने चिन्ता के साथ, अपने चेहरे को दोनों हाथों से पोंछा, फिर कहा—महीना भर हो गया, उन लोगों में कोई फ़र्क़ दिखाई नहीं देता। ज़िन्दा रहने की उम्मीद ही आदमी को ज़िन्दा रखती है, पर उससे तो इन लोगों ने अपना पल्ला ही झाड़ लिया है।

–ऐसे में तो वे लोग मर जाएँगे।

–अभी क्या ज़िन्दा हैं? बस दिल ही धड़क रहा है, बाक़ी सब कुछ तो ठहर गया है।

–कुछ करिये, सेक्रेटरी साहब। हमारे माँ-बाप जैसे ही तो हैं ये लोग। जो भी बन पड़ेगा, हम सब उनके लिये करने को तैयार हैं।

–क्या नहीं किया, श्याम भाई! पर जब खुद उनमें ही जीने की तमन्ना न रह गयी हो तो कोई दूसरा उन्हें कैसे जिला सकता है?

श्याम भाई ने आकाश की ओर देखकर निराशा की लम्बी साँस भरकर कहा-दया करो प्रभु, दया करो!

कई क्षणों के मौन के बाद सेक्रेटरी साहब ने कहा—बड़ी कशमकश है।

वे उठकर टहलने लगे। श्याम भाई ने उनकी उद्विग्नता को महसूस किया पर विवशता से उन्हें देखते रहने के अलावा वे और कुछ नहीं कर सकते थे। कई चक्कर लगाने के बाद, सेक्रेटरी साहब ने श्याम भाई के पास आकर कहा—एक उपाय है।

श्याम भाई उठकर खड़े हो गये और उत्सुकता से पूछा—क्या उपाय है, बताइये, हम जान लगाकर भी उसे पूरा करेंगे?

–हाँ, उसमें सबकी मदद लगेगी। पूरे 'आश्रय' परिवार की।

–सब करेंगे, सेक्रेटरी साहब, सब करेंगे। सब यही चाहते हैं। आप चाहें तो सबसे बात कर सकते हैं।

आश्रय के तमाम लोग वहाँ आकर, एक किनारे खड़े थे। सबने वादा किया। सेक्रेटरी साहब ने अपने उपाय पर उन लोगों से विस्तारपूर्वक चर्चा की।

–उन्हें, वहाँ, उस माहौल में घुटते रहने के लिये छोड़ देने की बजाय, यहाँ लाकर बचाने की कोशिश की जा सकती है।

–यहाँ, आश्रय में?

–हाँ, आश्रय में।

–बच्चों के आश्रय में बुजुर्ग?

–हाँ, बच्चों के आश्रय में बुजुर्ग। वे अपना बच्चा खो चुके हैं और उसी का

दुख उन लोगों को मारे डाल रहा है। जानते हो बच्चे के ग़म के अलावा उन्हें एक और चीज़ जो मारे डाल रही है वो क्या है?

सब ने एक साथ पूछा—क्या है, सेक्रेटरी साहब?

–वे बच्चे की मौत के लिये, अपने आप को ज़िम्मेदार मान बैठे हैं।

श्याम भाई ने कहा—पर बच्चे के साथ तो इक्सीडेंट हुआ है?

–हाँ, फिर भी...। वे कुछ समय से ऐसा सोचने लगे थे कि पकी उम्र में बच्चे को गोद लेकर, वे बच्चे के हित में बड़ी भारी भूल कर चुके हैं।

सब ख़ामोशी से सुनते रहे।

–उन्हें अपने को गुनहगार मानने की भावना से बाहर निकालने के लिये, यहाँ बच्चों के बीच में लाकर रखना ज़रूरी है। पहले हमें उनकी देखभाल करना होगी, फिर वे ही शायद आश्रय के बच्चों की देखभाल में लग जाएँगे। इस तरह एक उम्मीद बनती है। हो सकता है, उनमें जीने की तमन्ना पैदा हो जाए। बच्चे ही ज़िन्दगी का सबसे बड़ा सबूत होते हैं और ज़िन्दगी के प्रति भरोसा जगाने का मन्तर भी। अगर आप सब लोग इसके लिये तैयार हों और यह ज़िम्मेदारी उठाने में मदद करें तो।

–हम सब तैयार हैं।

एक पुरानी और खड़खड़ करनेवाली जीप गाड़ी उस मनहूसियत भरे मकान के सामने आकर ठहर गयी। जीप की घुर्राती आवाज़ ने कॉलोनी के अनेक घरों के कान खड़े कर दिये। लोग झाँक-झाँक कर देखने लगे। जीप से सेक्रेटरी साहब और श्याम भाई उतरे। लोग उन्हें पहचानते थे, इसलिये जीप की बेसुरी आवाज़ ने उन लोगों के मन में जो संशय उत्पन्न कर दिये थे, वे ख़त्म हो गये। बाहर इतना शोर-शराबा था, मगर उस मकान की चुप्पी नहीं टूटी थी। वहाँ कोई औत्सुक्य नहीं जागा। सब कुछ बेहरकत रहा। दो मूर्तियाँ, बरामदे में रखे मैले और बदरंग कवरवाले सोफे पर, स्थिर रही आयीं। आँखें हिलती-डुलती थीं, मगर उनका दृष्टि-विस्तार एक सीमा तक जाकर ठहर जाता था। उसकी ज़द में संसार का कोई भी हिस्सा नहीं रह गया था।

सेक्रेटरी और श्याम भाई ने उनके सामने जाकर अभिवादन किया, पर वे अचीन्हे ही रहे। पहचान और स्मृतियाँ किसी सघन अरण्य में जा चुकी थीं। वे दोनों आदर और प्रेम की देहभाषा के साथ, उनके क़रीब बैठ गये। एक या दो दिन पहले की कप-प्लेटें सेंटर टेबल पर रखी हुई थीं। पास-पड़ोस से कोई दलिया या ऐसी ही कोई चीज़ बनाकर लाया होगा। वह सूख चुकी थी। चीटियों ने वहाँ तक अपनी

क़तारें बना ली थीं और अपने भंडार-घर की तरफ़ आने-जाने का सिलसिला चलाये हुए थीं। अख़बार इधर-उधर पड़े हुए, फ़ड़फ़ड़ा रहे थे। शब्द-पहेलियाँ उपेक्षा का दुःख बरदाश्त करती हुई, कहीं दबी पड़ी थीं। सीस-पेंसिल लापता थी।

सेक्रेटरी साहब ने कहा—हम आप दोनों को लेने आये हैं, चलिये।

बोल निरर्थक हो गये।

अस्वीकृत और निरुत्तर भी।

-चलिये, आज से आप दोनों हमारे साथ ही रहेंगे।

उनकी आँखें कहीं शून्य में अटकी रहीं।

कान, भाषा के व्याकरण और बारहखड़ी के ख़िलाफ़ हो चुके थे।

मौन डटा रहा।

-श्याम भाई!

-जी।

-ऐसा करिये कि ज़रूरी चीज़ें किसी बैग या सूटकेस में रख लीजिये और घर को ठीक से बन्द कर दीजिये।

वे जीप के पिछले हिस्से में बैठा दिये गये। उन्हें न तो कोई उज्र हुआ और न कोई सहमति। श्याम भाई उनके साथ ही बैठे। ड्राइवर से सेक्रेटरी साहब ने कहा—चलो मियाँ।

जीप ने हुंकार भरी। खड़-खड़ का गुंज़ार किया। दो-तीन मिनट तक चाबी और बैटरी में संघर्ष चला, फिर बैटरी मान गयी।

-आहिस्ता चलना भाई, बीमार लोग हैं।

जीप को आहिस्ता चलाने की ज़रूरत न थी, जीप गाड़ी ने अपनी मर्ज़ी से एक नाजुक रफ़्तार तय कर रखी थी। वही उसकी सबसे कम और सबसे तेज़ रफ़्तार थी। घर पीछे सरकता चला गया।

लोग अपने-अपने बरामदों, आँगनों और दरवाज़ों पर खड़े होकर उन्हें विदा करते हुए, अपने हाथ हवा में हिला रहे थे।

दीवारों का धूसर-पीला रंग धीरे-धीरे रंगहीन होता रहा।

जीप जब 'आश्रय' के सामने आकर खड़ी हुई तो वहाँ स्वागत के लिये बच्चों और कार्यकर्ताओं का समूह खड़ा था। बच्चे दौड़ पड़े। गाड़ी घेर ली गयी। बच्चों के रंग-बिरंगे संसार का छोटा-सा टुकड़ा, पुरानी जीप-गाड़ी की रंग-हीनता पर भारी पड़ गया। मुस्कराते हुए बच्चों ने कहा—आइये, दादाजी आपका स्वागत है!

एक छोटी बच्ची ने पूछा—आप किधर चली गयी थीं, दादी माँ? हमें भूल गयीं क्या?

उन दोनों की देहों पर जमी किसी मिट्टी जैसी पर्त में दरारें पैदा हुईं। आँखें फ़ड़फ़ड़ायीं, होंठ थरथराये। गर्दन ने इंच-भर का मोड़ लिया।

श्याम भाई ने गाड़ी का पिछला दरवाज़ा खोला और हाथ बढ़ाया—आइये अपना घर आ गया।

पुरुष ने काँपती हथेलीवाला अपना दाहिना हाथ धीरे-धीरे उठाया। चेहरे की श्वेत दाढ़ी के बालों में हरकत हुई। वहाँ से मुस्कान की एक धारा फूटकर बाहर आने की जद्दोजहद करने लगी। पपड़ियाँ झरने लगीं। सूखापन उखड़ने लगा।

पुरुष के अचानक ही बेहद बूढ़े हो गये शरीर ने कोशिश की और किसी तरह बाहर उतर आया। बच्चों ने गुलदस्ते भेंट किये। उसने उनके सिरों पर हाथ फेरा। अब तक स्त्री भी उतरकर पुरुष के बाज़ू में खड़ी हो गयी थी। बच्चों ने उन्हें भी गुलदस्ते दिये, कहा—वैलकम दादी जी।

पुरुष ने स्त्री की ओर देखा। उसके कन्धों पर हाथ रखा, फिर थरथराती मुस्कान से मुस्कुराकर कहा—देखो कितने सारे नन्दन।

स्त्री ने सबसे छोटे बच्चे को गोद में उठाया और कहा—अच्छा, तो तुम यहाँ हो।

'आश्रय' के साइन-बोर्ड पर कबूतरों का एक नया जोड़ा बैठा हुआ अपनी गरदनें मटका रहा था और छोटे-छोटे चूजे गुटर-गूँ-गुटर-गूँ कर रहे थे।

महीने-भर बाद पुरुष की ज़िद पर, सेक्रेटरी साहब उसे रेडीमेड गारमेंट्स की एक दुकान पर ले गये। पुरुष ने वहाँ से जीन्स पैंट उठाये और अपनी कमर पर लगाकर आइने में देखा।

आईने में नन्दन की आकृति उभरी।

वह दाहिने हाथ की उँगलियों से गोलाकृति बनाकर मुस्कुरा रहा था, मानो कह रहा हो—'पापा, लुकिंग स्मार्ट!'

जयहिन्द

टीवी चेनल्स पर ब्रेकिंग न्यूज।

–माओवादियों ने कलेक्टर का अपहरण कर लिया।

–कलेक्टर के दो अंगरक्षकों की हत्या कर दी गयी।

–कलेक्टर एक गाँव में गाँव–वासियों के साथ बैठक कर रहे थे।

–राज्य और केन्द्र सरकार को खुली चुनौती दी गयी है।

कई चैनल–कई ख़बरें। अपनी–अपनी तरह से ख़बरों की चीर–फ़ाड़ और प्रस्तुति। कोई प्रशासन को नाकारा सिद्ध कर रहा था, तो कोई सरकार को। हड़बड़ाए और हतप्रभ मुख्यमन्त्री की क्लिपिंग्स भी दिखायी जा रही थीं। ख़बर में सनाका था। कलेक्टर जो एक पूरे ज़िले के 'लॉ एँड ऑर्डर' को दुरुस्त रखने का दायित्व निभा रहा था, खुद ही अगवा कर लिया गया! सरकार का प्रशासनिक प्रतिनिधि भीड़ के बीच से उठाकर ले जाया गया। कलेक्टर के साथ जो दो अंगरक्षक थे, उन्हें गोलियों से भून दिया गया।

लुंज–पुंज सरकार की साँसें गले में आकर अटक गयीं। विपक्ष सक्रिय हो गया। उसे मौक़े की तलाश रहती है। मौक़ा और आरोपों के तीर, ज़बान की कमान से साँय–साँय चलाये जाने लगे। पंगु और नाकारा सरकार। नैतिक रूप से शासन में बने रहने का अधिकार नहीं। आम आदमी की जान असुरक्षित। जब कलेक्टर ही सुरक्षित नहीं तो फिर जनता कैसे सुरक्षित रहेगी?

सत्ता–पार्टी के अन्दर हलचल। मुख्यमन्त्री हटाओ अभियान का सूत्रपात। फ़ोन। ई–मेल। एसएमएस। कनबतियाँ। फ़ुसफ़ुसाहटें। इशारे। द्विअर्थी फ़िकरे। ऑफ़ दि रिकॉर्ड प्रेस ब्रीफिंग्स।

अख़बार के दफ़्तरों में चीख़–पुकार। नयी ख़बर की चाहत। आगे निकल जाने की स्पर्धा। मारकाट। टेलिप्रिंटर। संवाददाता। विशेषज्ञ। गाँव में सन्नाटा। शहरों में बहसें। क़िस्से। चर्चाएँ। घरों में भय। पहले चीनी आक्रमण और अब माओवाद की बौछार।

कलेक्टर बिहार के एक क़स्बे में जन्मे थे। साधारण नौकरी-पेशा पिता की सन्तान। पिता से विरासत में धन-दौलत, भूमि या मकानों की शृंखला नहीं मिली। मिली इंसानियत की शिक्षा और ईमान पर चलते रहने की परम्परा। राष्ट्र-प्रेम और कुछ कर गुज़रने की उत्कट आकांक्षा के बीज। वे मेधावी थे, मेहनती और लक्ष्य के लिये समर्पित। आई.ए.एस. में चुने गये। मसूरी में प्रशिक्षण हासिल किया और मध्यप्रदेश कैडर में चयन।

पहले छोटे और सुदूर आदिवासी ज़िलों में नियुक्ति मिली। जगहें उनके मनमाफ़िक रहीं। दुखी, पीड़ित, निर्धन किसानों और मज़दूरों के इलाक़े ही उनके लिये सम्मोहन थे। काम करने की गुंजाइश से भरपूर। वीआईपी दौरों की सघनता से महरूम। अन्याय, शोषण और छल-कपट के कारण निर्धनता की विकरालता में छटपटाता मनुष्य-समाज। उन्हें गहरा सुकून मिला, यहाँ आकर। वे पटवारियों, तहसीलदारों, थानेदारों के लिये मुसीबत बन गये। राशन दुकानों, कैरोसिन विक्रेता समितियों और सूदख़ोर साहूकारों के लिये आतंक हो गये। कलेक्ट्रेट, ज़िला पंचायत और तहसील कार्यालयों में उनकी अदृश्य उपस्थिति आभासित होती रहती। राजनेताओं की स्वार्थपूर्ण सिफ़ारिशें कचरे के डिब्बे में धूसरित होती रहतीं। प्रोटोकॉल तो पूरा करते, मगर मन्त्री जी के घरेलू दरबार में शामिल न होते।

शक्ति-सम्पन्न वर्ग में उनके लिये अप्रसन्नता थी और आम लोगों में उम्मीद। भरोसा। सान्त्वना। वे स्वयं निस्पृह थे। अहंकारहीन। निष्काम। कर्त्तव्यनिष्ठ। परिवर्तन के मुंतज़िर। 'व्यवस्थाएँ भी बदलाव ला सकती हैं' पर भरोसा करनेवाले। व्यवस्था के औज़ारों के सही प्रयोग की ज़रूरत पर बल देनेवाले। अहिंसा, भाईचारा और सद्भाव पर आस्था रखनेवाले।

कलेक्टर ने अपनी अलग कार्यशैली और कार्य-संस्कृति निर्मित की थी। वे ग्रामीण इलाक़ों का दौरा नहीं करते थे, बल्कि अधीनस्थ अधिकारियों को साथ ले जाकर, पूरी सरकार को ही गाँव-जंगलों को उपलब्ध करा देते। उनकी सरकार का नारा था—'आपकी सरकार, आपके द्वार।' वे नारे की अमूर्तता को तोड़ते रहे। गाँवों-क़स्बों में एक सप्ताह पहले ही ऐलान हो जाता कि कलेक्टर का जन-सुनवाई कार्यक्रम होना है। उस दिन दोपहर से मजमा जमा हो जाता। लँगोटियाँ, बंडियाँ, बिवाइयों से आक्रांत पैर, उजड़े जीवन और उजड़े चेहरे एकत्र हो जाते। हड्डियों के पंजर से बाहर झूलती खालें और चेहरे के भूगोल को तोड़कर, बाहर तक चली आयी हड्डियों तथा आँखों के कोटर में गहरे तक धँसी आँखें ही उनकी दृष्टि-विस्तार में होतीं। वे अन्दर से दुखी हो जाते, पर बाहर के पलस्तर को चमकदार बनाये रखते। उनकी सोच थी, कि व्यवस्था के पुर्जों को दुखी नहीं, संकल्पित होना चाहिये। दुख

पीछे की ओर ले जाता है और संकल्प आगे की ओर। दुखी व्यवस्थाएँ और सत्ताएँ भला नहीं कर सकतीं। संकल्पित व्यवस्था ही सृजन करने की योग्यता से युक्त होती है।

वे शिकायतों को वहीं निबटाते और त्वरित न्याय उपलब्ध करा देते। पटवारी ने नामान्तरण नहीं किया है, रिश्वत चाहता है। पटवारी हाज़िर हो। शिकायत में जो कहना है, लोग कहें। आदेश—अभी नामान्तरण करो। राशन नहीं मिलता। समिति प्रबन्धक हाज़िर हो। आदेश—दुकान खोलो, राशन बेचो। ठीक माप, सही दाम। खाद, बीज, क़र्ज़। सबका यही हश्र। मातहत भुनभुनाते। प्रशासन का तिलस्म टूटता हुआ पाकर, ज़ार-ज़ार होते। पर कुछ न कर पाते। आदेश मानना पड़ता। मान लेते, मगर एकाध चोर दरवाज़ा भी छोड़ देते, ताकि बाद में अगला-पिछला हिसाब चुकता कर सकें।

ऐसी ही एक जन-सुनवाई का ऐलान हुआ सिमरिया गाँव में। आदिवासी इलाक़े का बड़ा गाँव। दस-बीस गाँवों का हाट-बाज़ार यहीं लगता है। हाटवाले दिन ही जन-सुनवाई का आयोजन। लोग सौदा-सुल्फ़ के लिये आएँगे ही, अपनी तकलीफ़ें भी ले आएँगे। थैलों में चीज़ें और दिल में सुकून लेकर लौटेंगे, तो उस रात घर में खुशियों का मेला भरेगा। उस ब्लॉक के तमाम विभागों की अनिवार्य उपस्थिति का आदेश जारी हो गया। सहकारी और वृहत्तर सरकारी समितियों के प्रबन्धकों की रिकॉर्ड सहित हाज़िरी का सख़्त हुक्म। कलेक्टर का चुस्त दफ़्तर, सब कुछ चाक़-चौबन्द बनाये रखता। उनके दफ़्तर को अपने कलेक्टर पर गर्व था, ऐसे अधिकारी के साथ काम करने में दिली खुशी मिलती है। पैसा तो कुछ भी करके कमाया जा सकता है, मगर सुकून मिले, ऐसे काम का आनन्द ही अलग है। वाह-वाह वे। वाह-वाह ये। सिक्का चलता ही नहीं, बोलता भी है।

कलेक्टर विभाग-वार जन-सुनवाई कर रहे थे। फ़ैसले हो रहे थे। न्याय सुलभ हो रहा था। मुश्किलें हल हो रही थीं। सूखे मुँह तरल हो रहे थे। अफ़सर आन्तरिक तनाव को झेलते हुए हुक्म बजा रहे थे। लोगों को अपनी सरकार, अपने द्वार पर, नज़र आ रही थी। कलेक्टर के दिल के असंख्य कोने सन्तोष से लहलहा रहे थे। अख़बारों में तस्वीरें छप रही थीं। चैनल कार्यवाही दिखा रहे थे और राजनेता आपस में विहँस रहे थे—'चुनाव लड़ेगा का, साला?

कलेक्टर को न तो सत्ता में जाना था, न ही उन्हें तमग़ों का लोभ था। उन्हें अपने मृत पिता का मुस्कराता चेहरा ही प्रत्येक सुनवाई में दिखाई देता। छाती की चौड़ाई बढ़ी प्रतीत होती। इंसानियत और कर्त्तव्य के खुरदरे रास्ते पर एक क़दम और चल पाने की तृप्ति अनुभूत होती। इस जन-सुनवाई में भी पिता मौजूद थे। परन्तु, दूर। उधर भीड़ में बैठे हुए। उनके हाथों में कोई दरख़्वास्त न थी। चेहरे पर पीड़ा की

एक शिकन तक नहीं। कोई थैला भी हाथों में नहीं कि वे सौदा लेने आये हों, मगर वे वहाँ थे। दूर-दूर। नज़रें यहीं जमाये हुए। जैसे उनके इम्तहानों के दिनों में लालटेन जलाकर रख जाया करते और दूर बैठकर एक पैर हिलाते, मज़े में बैठे सुन्दरकांड का धीमे स्वर में पाठ करते, आधी-आधी रात तक।

देखते रहो पिता। यह सब आपको ही समर्पित है। पिता ने दिल की आवाज़ को सुन लिया। वे थोड़ा मुस्कुराये और फिर तुरन्त ही मुस्कान-रहित हो गये, तस्वीर की तरह। कलेक्टर ने लापता मुस्कान की खोज में इधर-उधर नज़रें डालीं, मगर वह मिली नहीं, गुमशुदा ही रही। एक आदेश और पारित हुआ। पिता की ओर दृष्टि डाली। पर इस बार अलग बात दिखी। दिखा कि उनके चेहरे पर चिन्ताएँ आ-आकर जमा हो रही हैं। कलेक्टर चौंके, क्या कोई ग़लत आदेश पारित हो गया? ग़ौर किया। नहीं-नहीं। वाजिब है। तब?

कलेक्टर ने पुनः पिता को देखने के लिये गर्दन उठायी। अब चेहरे पर तकलीफ़ें रेंग रही थीं और चेहरे के पीछे, सुदूर रास्तों पर, धूल के बगूले उड़ रहे थे। चन्द मोटर साइकिलें भागती हुई यहीं चली आ रही थीं, उन पर दो-दो लोग बैठे हुए थे। गले से होकर पीठ पर कुछ लटकाये हुए। कार्यवाही ठहर गयी। लोग उधर ही मुड़-मुड़कर देखने लगे। मोटर साइकिलें नज़दीक आती जा रही थीं। अब तो उनकी आवाज़ें भी सुनाई पड़ने लगी थीं। ठों...ठों...ओं...ओं...। घर्र...र्र र्र...। धड़ा...।

मोटर साइकिलें जन-सुनवाई कैम्प में आकर झटके से ठहर गयीं। ग्रामीण खड़े हो गये। अकबकाये और हतप्रभ। उन्हीं में से साठ-सत्तर ग्रामीणों ने कलेक्टर का मंच घेर लिया। उनके हाथों में बन्दूक़ें अचानक ही आ गयीं। कब आयीं? कैसे आयीं? पता नहीं।

हवाई फ़ायर होने लगे—धाँय...धाँय...। भगदड़ मच गयी। तम्बू हिलने-डुलने लगा। लोगों के पैर रस्सियों और दरियों में फँसे और वे गिर पड़े। धड़ाम-धड़ाम! लद्द-फ़द्द। हाय-तौबा। चीख़-पुकार। दरख़्वास्तें हवा में उड़ गयीं। फ़ाइलें पैरों की चपेट में आकर चरपट हो गयीं। अफ़सर तम्बू के पीछे खिसके और फिर भाग लिये। कायरों की रिले-रेस।

बन्दूक़धारी आदिवासियों ने कलेक्टर की तरफ़ बढ़ते हुए अपना घेरा कसा। अंगरक्षक सामने आये। धाँय-धाँय। दोनों अंगरक्षक अपने शस्त्रों सहित धराशायी। चार बन्दूक़धारियों ने आगे बढ़कर कलेक्टर की बाँहों को कसा और खींचकर मोटर साइकिल पर बैठा दिया। पीछे तीसरी सवारी के रूप में एक और बन्दूक़धारी सवार हुआ और मोटर साइकिलें वापस जंगलों में गुम हो गयीं। बाक़ी बचे बन्दूक़धारियों ने 'कामरेड माओ अमर रहें', 'लाल सलाम', 'शोषण-उत्पीड़न मुर्दाबाद' के नारे

लगाये और अलग-अलग दिशाओं में विलीन हो गये।

आठ-दस मिनट में सब कुछ हो चुका था। अब वहाँ कोई न था। तम्बू लुढ़का पड़ा था। कुर्सियाँ ढह गयी थीं। मेज़ें उलट-पुलट हो गयी थीं। दरियाँ सिमटी पड़ी, चीत्कार कर रही थीं। थैले और कागज़ात बिखरे पड़े थे। निर्जीव। दूर-दूर तक जीवन लापता था। पेड़ हिल रहे थे, पत्ते बज रहे थे और चकित चिड़ियाएँ बारूद की गन्ध से हलाकान, इस पेड़ से उस पेड़ तक भागी-भागी फिर रही थीं। बेचैन। व्याकुल। खौफ़ज़दा।

मोटर साइकिल ऊबड़-खाबड़ जंगली पगडंडियों में से होकर भागी जा रही थी। कलेक्टर के अंगरक्षक जब गोली खाकर गिरे, कलेक्टर को मौत की दहशत ने अपनी ज़द में ले लिया था। उनका अस्थमा उखड़ गया था और वे तेज़-तेज़ साँसें ले रहे थे। पैर अपनी जगह जड़ हो चुके थे। कायरता के लिये मन में कोई तत्परता न थी। मौत के क़दम उनकी ओर बढ़ रहे थे, मगर दिल की धक-धक के अलावा, शेष आवाज़ें कान से बाहर ही रहीं। जब बन्दूक़धारियों ने, उनकी बाहों पर अपनी कठोर गिरफ़्त बनाकर उन्हें खींचा, तब उनके अन्दर की आई.ए.एस वाले रुतबे की एक परत, ज़रूर केंचुल की तरह खुलकर गिर गयी थी। वे प्रतिरोधहीनता के शिकार हो चुके थे। शरीर का कौन-सा हिस्सा जीवित है और कौन-सा मरा जा रहा है, भेद कर पाना मुश्किल होता जा रहा था। दिमाग़ में तेज़ सनसनी, घुनघुने की तरह बज रही थी। आँखों के सामने चकत्ते नाचने लगे थे। साँसों की जगह सीटी-सी बजने लगी—सूँ...सूँ...सूँ...।

मोटर साइकिल गाँव के रास्ते से कटकर जंगल की ओर मुड़ी, तब तक वे इस हक़ीक़त को मान चुके थे कि वे किडनेप हो गये हैं। नक्सलियों ने ही उनका अपहरण किया है, नारों ने यह स्पष्ट कर दिया था। जंगल के परिदृश्य में पिता का चेहरा न था, वहाँ पत्नी का बेबस मुख जमा हुआ था। आँसुओं से लबालब। बेटी की चीत्कारें सुनाई पड़ रही थीं, मगर अदृश्य।

परन्तु जल्दी ही उन्होंने अपने को सँभाल लिया। उनके अन्दर यह अहसास लगातार सिर उठाये खड़ा रहता था कि वे कोई साधारण व्यक्ति नहीं हैं, बल्कि आई.ए.एस के तौर पर भारत जैसे विशाल राष्ट्र के प्रशासनिक पुर्जे हैं। इसी अहसास ने उन्हें शक्ति और परिस्थिति का आकलन करने की नयी क्षमता प्रदान की।

मोटर साइकिल अब भी पगडंडियों और जंगल के टीलों-ढलानों से होकर भागी जा रही थी। 'क्या किया जाये' का सवाल उथल-पुथल मचाये हुए था। उन्हें सीता का स्मरण हो आया। रावण जब उन्हें अपहृत करके ले जा रहा था, तब उन्होंने सुराग़ के तौर पर अपने आभूषण गिरा दिये थे। उन्हें भी कुछ गिरा देना चाहिये। वे

क्या गिरायें? उन्होंने शर्ट की जेब में लगा पेन, खाँसने के बहाने हाथ उठाकर निकाला और गिरा दिया। 'खट' की आवाज़ आयी, पर उसे उनके अलावा और किसी ने नहीं सुना।

जेब में दोबारा हाथ डाला तो विजिटिंग-काड्र्स निकल आये। उन्होंने धीरे-से हाथ नीचे झुलाया और एक-एक करके, थोड़े-थोड़े अन्तर से तीन-चार कार्ड गिरा दिये। वे आश्वस्त हुए कि पेन की तुलना में विजिटिंग काड्र्स ज़्यादा पुख़्ता सुराग़ साबित होंगे। पेन्ट से कुछ भी नहीं निकाल सकते थे, क्योंकि पीछे बैठे अपहर्ता की दोनों टाँगें जेबों से सटी हुई थीं। वहाँ मोबाइल था। रूमाल था। कुछ रुपये और सिक्के थे। एकाध कागज़ भी था। मगर उन्हें निकालना मुश्किल था।

उन्होंने ज़ोर-ज़ोर से साँसें लेने और छाती पकड़कर बेचैनी का अभिनय किया। फिर सामनेवाले की पीठ थपथपाकर उसे रुकने को कहा। उसने मोटर साइकिल नहीं रोकी।

उन्होंने ज़ोर से थपथपाया और व्याकुलता का स्तर भी बढ़ा दिया।

पीछेवाले ने कहा—ज़रा रोक ले।

मोटर साइकिल रुक गयी। उन्हें अस्थमा तो था ही, वह उठ गया था। कठिन दौरा पड़ा हुआ था। वे उसे अपनी ओर से और ज़्यादा विकराल बनाये डाल रहे थे। अपनी छाती और गर्दन को इधर-उधर ऐंठते-मोड़ते हुए, एक पत्थर पर बैठ गये। उन्होंने कहा—पानी...पानी।

पानी उन लोगों के पास न था। वे दोनों एक-दूसरे को देखने लगे। उन्हें इस परेशानी का पहले से कोई अनुमान न था। क्या करें, क्या न करें, वे असमंजस में डूबते जा रहे थे। कलेक्टर ने पीड़ा का दिल दहला देनेवाला अभिनय जारी रखा। जेब से पहले रूमाल निकाला, उससे मुँह पोंछा। होंठ दबाये। छाती पोंछी। फिर रूमाल पत्थर पर रखकर शरीर को ऐंठाते-मोड़ते रहे। दोबारा जेब में हाथ डाला, मोबाइल को अन्दाज़ से ऑन कर, कहीं भी, किसी भी नम्बर पर कॉल करने के लिये बटन दबाये। इससे पोजीशन पता लगायी जा सकेगी।

वे फिर कराहे—पानी...। आह...। सूँ-सूँ...। साँ...।

उनके गले से, साँस लेने में बाधा पड़ने के कारण सीटी-सी बजने लगी।

-जल्दी लै चलो पानी उतईं मिलहै।

-हओ।

इस परिस्थिति का उनकी योजना में शुमार न था। उन घबराये हुए लड़कों ने कलेक्टर को फिर से मोटर साइकिल पर बैठाया और तेज़ रफ़्तार से भागे। आधा घंटे तक भागम-भाग जारी रही।

एक मुकाम पर पहुँचकर मोटर साइकिल रुक गयी।

–खाले उतर आइये, सर!

उन लोगों ने सहारा देकर उन्हें उतारा। भाषा और उच्चारण से वे पहचान गये कि ये स्थानीय लोग हैं। इस जगह पर तीन लोग मिले, जो उन्हीं की प्रतीक्षा कर रहे थे। मोटर साइकिलवाले ने पूछा—पानी लये है का तैं?

उसने पीछे खड़े व्यक्ति की ओर देखा। उसके पास पानी की बोतल थी। उसने काँधे पर लदी बन्दूक़ का पट्टा खिसकाया और वहीं पर झूलते थैले से बोतल निकालकर थमा दी।

–लीजिये सर। पानी पीजिये।

कलेक्टर ने पानी पिया। खारा और गरम। अस्थमा पर धीरे-धीरे क़ाबू पाया। असल अस्थमा भी उठा हुआ था, मगर उनके पास इन-हेलर न था। वह तो ब्रीफ़केस में रखा था और ब्रीफ़केस कार में रखा था। वह चिन्तित हुए कि बिना इन-हेलर के तो उनके प्राण ही निकल जाएँगे। फिर सोचा, ये लोग गोली मारने ही तो ले जा रहे हैं, ऐसे में अस्थमा से मरने की क्या चिन्ता करना?

–थोड़ी तकलीफ़ होगी, सर, मगर मजबूरी है।

कलेक्टर ने उसे देखा। वह काले रंग की एक पट्टी लेकर उनकी तरफ़ बढ़ रहा था। तो क्या ये लोग यहीं पर गोली मार देंगे? डर की एक ठंडी लहर उनके सीने में तीव्र गति के साथ उतरी। पर उन्होंने मुस्कुराने का अभिनय किया। साहस और आत्मविश्वास का इज़हार किया—तो अब गोली मारने का वक़्त आ गया।

वे लोग चुप रहे। पट्टी बाँध दी गयी। उन्होंने बँधवा ली। और कोई चारा न था। वे इन्तज़ार करने लगे कि इस घने जंगल में अब उन्हें किसी पेड़ से बाँधा जाएगा और फिर गोली चलाये जाने की आवाज़ कानों में सुनाई देगी—'ठाँय'। उसी के साथ गोली भी छाती में धँस जाएगी। दिल फट जाएगा। वे ज़मीन पर ढह जाएँगे। पुलिस को उनकी लाश मिलेगी। वे मरी हुई अवस्था में कितने निरीह लग रहे होंगे। कहीं सिर, कहीं पैर, कहीं हाथ होगा। एक आई.ए.एस. की ऐसी दशा। ओह! उनके गले से साँस लेने में तकलीफ़ के कारण फिर सूँ...सूँ...साँ...की ध्वनियाँ निकलीं।

पट्टी बाँधनेवाले ने उनकी तलाशी ली। पैंट की जेब से रुपये और मोबाइल बरामद हुआ। उसने चैक किया, मोबाइल चालू था। वह हँसा—सरजी, आपकी चतुराई पकड़ी गयी हय। मोबाइल बन्द करके उसने अपनी जेब में रख लिया। रुपये वापस उन्हीं की जेब में डाल दिये। अब पैदल चलना था। मोटर साइकिलों के स्टार्ट होने की आवाज़ें आयीं। गाड़ियाँ चलीं और लौटती हुई प्रतीत हुईं।

एक ने कहा—अब पैदल चलना पड़ेगा, सर। मगर थोड़ा-सा ही।

उनके प्राण लौट आये—तो ये लोग मुझे गोली नहीं मार रहे हैं। कहीं ले जा रहे हैं, उन्होंने सोचा।

वे तीन-चार लोग थे। उन्हें अपने बीच में रखकर बाँहों से पकड़कर चला रहे थे। उन्हें इस तरह आँखों पर पट्टी बाँधकर, अनजाने रास्ते पर चलने का कोई अभ्यास न था। चाल कमज़ोर और विश्वासहीन हो गयी थी। पैर उठते तो, मगर ज़मीन पर कहाँ रखे जाएँ, पैरों को पता न था। ठोकरें लगती रहीं। एक के बाद, दूसरी। जूते छिल गये। काँटेदार पेड़ों की लतरों ने कपड़ों, कन्धों और गर्दन पर खरोंचें पैदा कीं। खून की आड़ी-तिरछी रेखाएँ खिंचने लगीं। एक ऊबड़-खाबड़ और पथरीले मोड़ पर तो वे गिर ही पड़े। घुटने छिल गये। पैंट फट गया। उन लोगों ने ही उठाया। कहा-सँहलकर, सर। धीरे-धीरे चलिये।

अस्थमा उखड़ गया। वे बेचैन और तहस-नहस हो गये। किसी तरह पत्थर पर बैठे। दस-बारह मिनट गुज़रे। छाती उठ-उठकर गिर रही थी। जितना कलेक्टर परेशान थे, उससे कहीं ज़्यादा उन्हें लेकर जानेवाले परेशान थे। देर होती जा रही थी। पुलिस के आकर घेर लेने का डर बढ़ता जा रहा था। योजना में जितना समय निर्धारित किया गया था, उससे कहीं ज़्यादा लग रहा था और यही ख़तरे की बात थी।

किसी तरह सहारा देकर कलेक्टर को उठाया गया और आगे की यात्रा शुरू हुई। पैंतालीस मिनट का रास्ता पार करने में सवा घंटे लगे। वे सब जंगल के सबसे घने स्थान पर आकर रुक गये। पेड़ों की सघनता और ऊँचाई के कारण इस स्थान पर दोपहर में भी शाम के झुटपुटे जैसा दृश्य रहता है। इतनी देर में उनका ओहदा और रुतबा किर्च-किर्च होकर धूल में मिल चुके थे। रह गया था, एक खालिस मनुष्य। ग़ैर-आइएएस।

वे आहिस्ता-आहिस्ता, भय पर विजय पाने की कमज़ोर कोशिशों में जुटे गये थे। साहस था कि मुट्ठी में आ-आकर फिसल जाता था। उन्हें पिता का स्वर सुनाई पड़ा—जब मृत्यु निश्चित ही है, तो उससे डरना क्या? इस एक वाक्य ने चमत्कार कर दिया। मौत का अहसास निर्भयता देने लगा। उनका मन हँसने को हुआ। उन्होंने अन्दर-अन्दर हँसने का उपक्रम किया और खुद से कहा—कल तुम्हारी लाश किसी सड़क पर पड़ी हुई पाई जाएगी। पहले तो शिनाख़्त ही नहीं होगी और जब लोगों को पता चलेगा कि लाश तो कलेक्टर की है, तो वे बहुत डर जाएँगे। दहशत फैलकर ज़िले भर में पसर जाएगी। मन्त्री, मुख्यमन्त्री श्रद्धांजलियाँ देंगे। गुणगान करेंगे। मीडिया शहीद बताएगा और परिवार बेसहारा होकर बिहार के पुश्तैनी घर में लौट जाएगा। गर्द खाये पुराने दरवाज़े फिर खुल जाएँगे और खुलते ही वे चूँ...ऊँ...ऊँ...की ध्वनि करेंगे। सामने दीवार पर पिता की तस्वीर धूल से अटी

मिलेगी और बाज़ू के आले में लाल कपड़े में लिपटी रहल पर रखी 'रामचरित मानस' घर की रक्षा में रत पायी जाएगी। फिर उन्हें अपने आप पर गर्व हुआ कि वे अपना कर्त्तव्य निभाते हुए मारे जाएँगे। आइ.ए.एस वर्ग में उन्हें एक मिसाल की तरह याद किया जाएगा। वे रिश्वत लेते हुए, करोड़ों रुपयों का घपला करते हुए या घर पर अकूत काली सम्पदा जमा करते हुए नहीं मरेंगे, और न ही जेल की कोठरी में उनकी मौत होगी। वे अपनी शानदार भावी मौत पर मुस्कुराये।

कुछ तंग और ऊँची-नीची जगहों से होते हुए, वे किसी गुफा जैसे स्थान पर ले आये गये। पट्टी खोल दी गयी। खुल जाने पर भी कुछ देर तक आँखों को कुछ दिखाई नहीं पड़ा। कुछ देर बाद नीम-उजाला महसूस हुआ और उनके गिर्द खड़े लोग अपनी परछाइयों जैसे लगे। आकृति मात्र।

-बईठ जाइये, सर।

वे चबूतरे जैसी जगह पर बैठ गये। उन्हें पानी की बोतल दी गयी। वह कोई ब्रांडेड पानी न था। प्लास्टिक की पुरानी, बदरंग-सी बोतल में साधारण और खारा-सा लगनेवाला पानी था। उन्होंने जल्दी से पानी पिया। गले में उठ रहे प्यास के काँटों को राहत मिली।

-आपको तकलीफ़ तो होगी, सर मगर माफ़ करिये हमारे कामरेड कमांडर का यही हुक्म है।

वे क्या कहते। चुप ही रहे। पानी ने पहले जीभ के काँटे बैठाये, फिर गले के। फिर वह एक ठंडी लकीर-सा खींचता हुआ पेट में उतरता चला गया। साँसों की तीव्रता के कारण पानी पीना कठिन था। एक दूसरा फ़ौजी वर्दीवाला लड़का मग में चाय लेकर हाज़िर हुआ—लीजिये, चाय पी लीजिये थोड़ी थकान उतर जाएगी सर।

उन्होंने भी सहज दिखने के लिये कहा—हाँ-हाँ।

पर साँसें उन्हें बोलने नहीं दे रही थीं। वैसे अब आवाज़ में थरथराहट न थी। उन्होंने अपने को सराहा—वाह! तुम डरे हुए नहीं हो। तुमने ऐसा क्या किया है, जिसका तुम्हें डर हो। तुम तो कर्त्तव्य-पथ पर सन्नद्ध देशभक्त हो। डरें वे, जो बेईमान हों। मृत्यु-भय कमज़ोरों को होता है।

काली चाय के कसैलेपन ने जीभ को थोड़ा असहज तो किया, परन्तु साहस की एक और खुराक की तरह वह उनके भीतर पहुँची।

-कल कमांडर साहब से मुलाक़ात होगा। लाल सलाम।

वे चाय के छोटे-छोटे घूँटों के साथ अपने आप को तरतीब देते रहे। 'कल'। कल कमांडर मिलेंगे। कोई 'कोर्ट मार्शल' होगा और मौत की सज़ा सुना दी जाएगी। धाँय। तेज़ साँसों ने उन्हें ढहा दिया।

चैनल अनवरत रूप से हलाकान थे। आँकड़ों, पूर्व घटनाओं, विशेषज्ञ रायों, अनुमानों से तरबतर।

दृश्य में कलेक्टर की पत्नी रो रही थीं—वे बीमार हैं। कुछ प्रॉब्लम्स हैं। उन्हें रोज़ गोलियाँ लेनी पड़ती हैं। दवाओं के बिना उनका जीवन ख़तरे में है।

वे भूल गयीं थीं कि दवाओं के साथ भी उनका जीवन ख़तरे में ही है। सरकारी-स्तर पर बताया जा रहा था कि कलेक्टर को मुक्त कराने के उच्चस्तरीय प्रयास चल रहे हैं। अपहरणकर्त्ताओं ने अब तक कुछ भी माँगें पेश नहीं की हैं। अगर करेंगे, तो उन पर विचार किया जाएगा। मध्यस्थों की खोज की जा रही है।

रात को जो व्यक्ति उन्हें खाना देने आया, उसने अल्यूमीनियम की प्लेट में दाल-भात उनके सामने रखते हुए, पेन और कागज़ दिया—आप जो दवाएँ खाते हैं, उनके नाम लिख दीजिये, तो मँगवा दी जाएँगी।

वे अन्दर-अन्दर मुस्कुराये। उस गोली से मरने से पहले, इन ऐलोपैथिक गोलियों से जीवन-रक्षा का प्रस्ताव कितना असंगतिपूर्ण है। उन्होंने हाई ब्लड-प्रेशर के लिये 'लोथार' और अस्थमा के लिये इन-हेलर सहित टेबलेट का नाम लिख दिया।

रात को ही दोनों चीज़ें आ गयीं। उम्मीद न थी कि इतनी जल्दी आ जाएँगी। आ ही जाएँगी यह उम्मीद भी न थी। उन्होंने लपककर 'इन-हेलर' छीना। खोला। टेबलेट फँसाई और 'इनहेल' किया। लम्बी-लम्बी साँसें भरीं। चन्द मिनटों बाद उन्हें चैन मिलने लगा। उनके चेहरे की ऐंठन मिटने लगी। वे आँखें मूँदकर दीवार से टिके बैठे रहे। खाना रखा रहा। पहले खा सकने की स्थिति में न थे, अब चैन पा लेने के बाद, खाने का मन न था।

अगली सुबह, दस बजे, एक बन्दूक़धारी ने आकर हुक्म सुनाया-चलिये, कामरेड कमांडर बुलाते हैं।

वे चल पड़े। उनके उस कमरे के बाहर, तीन-चार कमरों के पीछे एक खुले बरामदे जैसी जगह पर वे ले जाये गये। कमांडर चटाई पर बैठे हुए थे। बिल्कुल साधारण आदमी की तरह। कहीं से भी खूँखार नहीं। भयानक नहीं। डरावने नहीं।

उन्हें देखकर कमांडर ने कहा—लाल सलाम कलेक्टर साहब। आइये, इधर बैठिये।

वे चटाई पर बैठ गये। चाय आयी। वही काली-कसैली। डबल रोटी के टुकड़े भी।

कमांडर ने कहा—यही काली चाय पीना पड़ेगी। मजबूरी है। इधर जंगल में हम आपको वैसी चीज़ें नहीं दे सकेंगे।

–धन्यवाद। काली चाय सेहत के लिये ज़्यादा ठीक होती है। कलेक्टर ने साहस प्रस्तुत किया।

–हाँ, और बछड़े के मुँह का दूध छीनने का अन्याय भी नहीं होता।

कलेक्टर ने डबल रोटी का टुकड़ा खाया। चाय का घूँट लिया और सहजता लाने की भरपूर कोशिश करते हुए कहा—तो आप लोग भी न्याय और अन्याय की बातें करते हैं?

–हाँ। क्या हमें न्याय-अन्याय की बातें करने का हक़ नहीं है?

–आप सैकड़ों इन्नोसेंट लोगों को गोली मार देते हो और फिर न्याय की बातें भी करते हो, कितनी अजीब बात है?

–न्याय की ख़ातिर ही गोली मारते हैं।

–ओह, तो आप नक्सलियों ने अपनी परिभाषाएँ गढ़ ली हैं। न्याय और अन्याय के लिये।

कमांडर ज़ोर से हँसा—हाँ, पर हमें माओवादी कहिये। नक्सली पुराना शब्द है। पर आम लोग हम सबको नक्सली ही कहते-समझते हैं। हम चेयरमेन माओ के विचारों पर आस्था रखते हैं और उनके विचारों को हिन्दुस्तान में भी लागू करना चाहते हैं।

–चीन के? उस चीन के चेयरमेन माओ पर आप आस्था रखते हैं, जिसने हमारे देश पर आक्रमण किया था? एक दुश्मन-देश के चेयरमेन पर आस्था? यह बात समझ में नहीं आयी?

–अब आप यहाँ आ ही गये हैं, तो धीरे-धीरे सब कुछ समझ में आ जाएगा।

–पर क्या आप लोग देशभक्त नहीं होते?

–आपको हमारी देशभक्ति पर शंका क्यों है?

–क्योंकि आप एक विदेशी व्यक्ति और विदेशी विचारों पर आस्था रखते हैं।

–विचार देशी और विदेशी नहीं होते। अगर उनमें वैज्ञानिकता और सच्चाई होती है, तो वे सार्वभौम होते हैं। सम्पूर्ण मानवता के लिये होते हैं। साम्यवादी विचारधारा सम्पूर्ण विश्व के मनुष्यों के हित के लिये है। वह अन्तर्राष्ट्रीय है, वैज्ञानिक है। जहाँ-जहाँ मनुष्य होगा, वहाँ-वहाँ साम्यवादी विचारधारा भी पहुँचेगी, क्योंकि वह पूँजी के ख़िलाफ़, मनुष्य की सत्ता की सम्प्रभुता की संस्थापक है।

कलेक्टर कमांडर की बातों से चकित हुए—आप इतने ऊँचे दर्जे की बातें करते हैं और फिर भी अपराध करते हैं?

कमांडर हँसा—असल में आप हमारे बारे में कुछ भी नहीं जानते। आपकी सरकार भी कुछ नहीं जानती, इसीलिये वह हमें अपराधी कहती है।

–कल ही आपके लोगों ने दो सिपाहियों की हत्या कर दी। मुझे किडनेप करके यहाँ ले आये। क्या ये सब अपराध नहीं हैं?

–देखने के तरीक़े का भेद है। आप जिसे अपराध कहते हैं, हम उसे कार्यवाही कहते हैं।

–अपराध तो अपराध होता है। किसी भी नज़र से देखें।

–नहीं होता। शहीदे आज़म भगतसिंह को फ़ाँसी पर चढ़ाया गया था, क्योंकि अंग्रेज उन्हें अपराधी मानते थे। आप मानते हैं क्या?

कलेक्टर ने धीरे से कहा—नहीं।

–तो क्या मानते हैं?

–शहीद।

–क्यों?

–उन्होंने देश के लिये अपने प्राण दिये, इसलिये।

–यही नज़रों का अन्तर है। आप उस तरफ़ से देखते हैं, तो हम अपराधी नज़र आते हैं। हम इस तरफ़ से देखते हैं, तो हमें आप अपराधी दिखाई पड़ते हैं।

–मैं? मैं तो क़ानून द्वारा स्थापित सरकार का क़ानूनी नुमाइंदा हूँ। अपराधी कैसे हो सकता हूँ? हो ही नहीं सकता। नेवर।

–वो तो आपकी नज़र है। नज़रों और नज़रिये का ही तो सारा भेद है। अपराधी की आपकी अपनी परिभाषाएँ हैं। आपकी अदालतें हैं। क़ानून हैं। फ़ैसले हैं। सज़ाएँ हैं। हमारी भी अपनी परिभाषाएँ हैं। कानून और अदालतें हैं। फ़ैसले और सज़ाए हैं।

–पर आपके क़ानून को संवैधानिक मान्यता नहीं है। एक देश में दो क़ानून नहीं चल सकते। कोई भी अपना क़ानून बना ले और न्याय करने लगे, तो एनार्की फैल जाएगी।

–हम आपके संविधान को नहीं मानते। वह आम आदमी का संविधान नहीं है। लोकतान्त्रिक तो है, पर जनाभिमुखी नहीं है। जनता अपना संविधान खुद बनाती है। देश को एक नये और क्रान्तिकारी संविधान की ज़रूरत है।

–देश का संविधान पार्लियामेंट से पास है।

–पूँजीवादी विचारों की पार्लियामेंट और पूँजीवादी मानसिकता का संविधान, दोनों ही हमें मंज़ूर नहीं हैं।

–आपकी नामंज़ूरी, देश की नामंज़ूरी कैसे बन सकती है?

–क्रान्तियाँ इसी तरह होती हैं। पहले-पहल कोई एक उसके ख़िलाफ़ खड़ा होता है, फिर लोग जुटते जाते हैं और हुजूम बन जाता है। एक छद्म व्यवस्था से देश

को भरमाया नहीं जा सकता। नक़ली और बुर्जुवा वर्ग के हितैषी संविधान और पार्लियामेंट को हम नहीं मानते।

–देश आपको नहीं मानता।

कमांडर हँसा—देश तो हमें ही मानेगा, आज नहीं तो कल। हाँ, व्यवस्था हमें स्वीकार नहीं करती। हमें उसके स्वीकार की ज़रूरत भी नहीं है। हमारा तो संघर्ष ही उसी से है।

–देश से मनवाने का क्या यह तरीक़ा जायज़ है, जो आपने अपना रखा है; जैसे आपका मुझे किडनेप करना?

–बातचीत समाप्त। आज मेरे पास इतना ही वक़्त था। एक 'जन-अदालत' में जाना है। फिर मिलेंगे।

कमांडर उठ खड़ा हुआ।

उन्होंने पूछा—मुझे किडनेप किसलिये किया गया है? आप लोगों की कोई माँग है क्या? आख़िर चाहते क्या हैं आप लोग?

जाते-जाते कमांडर ने कहा—बताएँगे बताएँगे। वक़्त आने पर सब पता चल जाएगा। तो मिलते हैं, लाल सलाम!

कमांडर और उसके साथी अपने जूते बजाते हुए चले गये।

कलेक्टर अपने दड़बे में लौटे, तो अन्दर एक प्रकार की पुलक महसूस कर रहे थे। उन्होंने कमांडर से बिना डरे बातचीत की। हालाँकि वे इस असलियत से परिचित थे कि कमांडर ने भी उन्हें डराने की कोशिश नहीं की। अपमान और बदतमीज़ी तक नहीं। इस तरह बातें करता रहा, जैसे कोई पुराना दोस्त हो कॉलेजवाले दिनों का। अपने प्रभुत्व में रखकर भी, न तो अहंकार दिखाया और न ही उनकी बेबसी पर हँसा।

अचरज। आशंकाएँ। रहस्य।

कलेक्टर का ध्यान इस बात पर गया, कि वह पढ़े-लिखे लोगों जैसी बातें कर रहा था। प्रत्येक मामले में उसका एक नज़रिया है। साफ़। पक्का। विश्वसनीय।

फिर वे सोचने लगे-'जन-अदालत' में गया है, मतलब एक और ग़ैर-क़ानूनी काम। न्यायपालिका के होते हुए किसी और को यह अधिकार कहाँ है कि वह अपनी अदालतें लगाए, मुक़दमे सुने और फ़ैसले करे? यह तो जुर्म है। सरासर जुर्म। संविधान विरोधी आचरण है। क्या कर रहे हैं ये लोग?

चैनल्स और अख़बारों की हायतौबा और बढ़ गयी थी। सरकार ने दो मध्यस्थ खोज लिये थे। मध्यस्थों ने मध्यस्थता करना स्वीकार कर लिया था। परिवार को थोड़ा राहत थी कि सरकार कुछ कर रही है। कुछ-न-कुछ ज़रूर हो जाएगा। बयान

और अग्रलेखों में अलग-अलग दृष्टिकोण थे। कहीं सरकार को धिक्कारा जा रहा था, तो कहीं नक्सलवाद को। एकाध लेख ऐसा भी था कि कलेक्टर को गाँव में जाकर, नेतागीरी करने की ज़रूरत ही क्या थी। यह उनका काम नहीं है।

अभिव्यक्ति की स्वतन्त्रताएँ। स्वतन्त्रता का स्वच्छन्द उपभोग। स्वच्छन्दता में अज्ञान और अपढ़ता। विद्वान होने की आत्ममुग्धता।

कलेक्टर ने दाल-भात खाया। हाथों से सानकर। अल्यूमीनियम की रकाबी में। न काँटा, न चम्मच। बोतल से पानी पिया। न गिलास, न प्यूरीफ़ायर। ज़मीन पर कोहनी का तकिया बनाकर सोये। न पलंग, न ए.सी.। ग़नीमत यह कि मच्छर नहीं हैं। कलेक्टर जब कलेक्टर न थे, तब ऐसा ही जीवन था। कठिन मगर आत्मीय। सहज और स्वाभाविक। आई.ए.एस. हुए तो शैली में बदलाव आया। कृत्रिमताओं का आक्रमण हुआ। मशीनों ने जीवन पर क़ब्ज़ा कर लिया। जीवन पेट्रोल, डीज़ल, गैस और बिजली के आधिपत्य में चला गया। अधीनता का नाम हुआ सुख, सुविधाएँ।

कमांडर दिन ढले लौटा। जंगली नाले में नहाकर आया था। फ़ौजी वर्दी उतार कर लुंगी-शर्ट में सहज हुआ। तब भी कमर पर पट्टा बाँधना और पट्टे में पिस्तौल लटकाना वह नहीं भूला था। हर पल खटका। हर क्षण जोखिम। कलेक्टर को आमन्त्रण भेजा। एक छोटी-सी जगह में क़ैदी बनकर दिन गुज़रा था, अब थोड़ा स्वाधीनता मिलेगी। चाँदनी रात की उजास फैल रही थी। बाहर खुले में फ़ौजियों के घेरे में कमांडर चटाई बिछाकर एक चट्टान पर जमा हुआ था। उन्हें देखकर बोला-आइये-आइये...।

वे आ गये।

-कहिये कैसा रहा दिन?

-वैसा, जैसा आपने दिया।

कमांडर हँसा—हमारा भी कोई आपसे अलग दिन नहीं होता। उतना ही असुरक्षित, उतना ही अनिश्चित और उतना ही असुविधाजनक होता है। बैठिये।

कलेक्टर चटाई पर बैठ गये—आपकी भाषा बहुत साफ़ और अच्छी है।

-हमारा सब कुछ साफ़ और अच्छा है। कमांडर हँसा।

-आप हँसमुख भी हैं। हँसते रहते हैं। टेंशन में नहीं रहते।

-टेंशन में क्यों रहेंगे, कलेक्टर साहब? हम लोग तो वे हैं, जो देश का टेंशन ख़त्म करने निकले हैं।

–पर आप लोगों का तरीक़ा ग़ैर–क़ानूनी है।

–इसका क़ानूनी तरीक़ा क्या है, चलिये आप ही बता दीजिये।

–अगर आप बदलाव लाना चाहते हैं, तो डेमोक्रेटिक तरीक़े से लाइये। चुनाव लड़िये। संसद और असेम्बली में जाइये, वहाँ क़ानून बदलिये। क़ानून की ताक़त से समाज बदलिये। तब हम भी आपके हुक्म का पालन करेंगे।

–चुनाव लड़ें आप कहते हैं। आप बता सकते हैं कि कितने चुनाव लड़ने वालों ने बदलाव किया? शोषण मिटाया? अन्याय ख़त्म किया? हम भी चुनाव लड़ें, जीतें और भ्रष्ट हो जाएँ। ए. राजा या कलमाडी बन जाएँ?

–क्या आपको खुद पर भरोसा नहीं है?

–खुद पर ही भरोसा है, परन्तु आपकी व्यवस्था पर नहीं है। और जिस व्यवस्था पर भरोसा न हो, उसका हिस्सा हम नहीं बन सकते।

–व्यवस्था में पहुँचकर भी तो व्यवस्था को बदला जा सकता है।

–हाँ, हमारे बहुत से विचार–बन्धु गये हुए हैं वहाँ व्यवस्था बदलने। वैस्ट बेंगाल और त्रिपुरा में कितनी व्यवस्था बदली? बता सकते हैं आप? सिंगूर और हरगढ़ ही वहाँ भी हुआ और जनता को पार्टी–मेंस ही ने उत्पीड़ित किया। पुलिस के साथ मिलकर गोलियाँ चलायीं।

–तो यह तो आपकी विचारधारावाली पार्टियों और ट्रेनिंग का फ़ाल्ट हुआ न।

–हाँ हुआ। पर अगर वे चुनाव लड़ने नहीं जाते तो भ्रष्ट भी न हुए होते। क्रान्तिकारी पार्टियाँ चुनाव नहीं, परिवर्तन करने के लिये काम करती हैं। यही हमारा मतभेद है उनसे।

काली चाय आ गयी। मेहमानों की तरह मग उठाये गये। चुस्कियाँ शुरू की गयीं। घेरा बनाकर खड़े पहरेदारों ने भी मग थाम लिये। सहज और सरलता से। शरीर को अकड़ाये और फ़ौजी बनाये बिना।

कमांडर ने घूँट भरकर कहा—देखिये कलेक्टर साहब, आदिवासियों और राज–सत्ता के बीच वर्चस्व का झगड़ा तो तभी शुरू हो गया था, जब देश में अंग्रेजी राज था। आज़ादी मिली तो लड़ाई ज़रा रुक–सी गयी। नयी–नयी आज़ादी थी, तो सब के साथ भाईचारे की भावना थी। दलित, आदिवासी, मुसलमान, ब्राह्मण, क्षत्रिय, वैश्यवाली दीवारें तो थीं, पर तब उतनी मज़बूत न थीं। राष्ट्र–प्रेम ने इन दीवारों पर पर्दा डाल दिया था। मगर सन् 1960 के दशक के बाद वर्चस्व का संघर्ष बढ़ गया। बढ़ता चला गया। इतना बढ़ गया कि शासक–वर्ग ने, उसे ही आन्तरिक सुरक्षा का सबसे बड़ा ख़तरा मान लिया।

–परन्तु आप जिस शासक–वर्ग पर वर्चस्व की लड़ाई का आरोप लगा रहे हैं

उसी ने आदिवासियों के संरक्षण के लिये संवैधानिक प्रावधान किये। क़ानूनों का निर्माण किया। नीतियाँ बनायीं।

–क़ानून और नीतियाँ बनाई ही नहीं बल्कि उनके पहाड़ खड़े कर दिये। ढेर लगा दिये। मगर इसलिये नहीं कि उनकी मार्फ़त आदिवासियों की ज़िन्दगी बदलनी थी, बल्कि इसलिये कि दुनिया को दिखाया जा सके कि उनका देश 'क़ानून के राज' के प्रति कितना आस्थावान है। उन्होंने वैश्विक गर्व के लिये ऐसा किया।

–क्या आप संसद और सरकार को ज़रा कम करके नहीं देख रहे हैं?

–बिल्कुल नहीं। संसद और सरकारों ने दिल्ली में बैठकर जो इबारतें लिखीं, वे यहाँ, इधर गाँवों तक आयी ही नहीं। उनकी सियाही वहीं सूख गयी। वहाँ नीतियाँ बनीं, यहाँ तोड़ी गयीं। वहाँ क़ानून बने, यहाँ उनके ख़िलाफ़ काम किये गये। वहाँ समानता और समाजवाद का दम भरा गया, यहाँ आदिवासी की लँगोटी खींच ली गयी।

–ये सरकार या संसद की कमियाँ नहीं हैं, बल्कि उनका इम्पलीमेंटेशन करनेवालों की कमियाँ हैं।

–इम्पलीमेंटेशन करनेवालों का चुनाव किसने किया? सरकारों ने ही। तो ज़िम्मेदारी भी तो उन्हीं की हुई। अगर उनकी नीतियों का इम्पलीमेंटेशन नहीं हुआ, तो उस ब्यूरोक्रेसी को ख़त्म क्यों नहीं कर दिया गया, जिसने अपनी ही सरकार की नीतियों को ध्वस्त किया। क्यों पाल-पोसकर आज उसे, सरकार से भी ज़्यादा ताक़तवर बना दिया गया?

कलेक्टर के पास उत्तर में हिचकिचाहट थी—मगर वो।

हम उसे ही बदलने निकले हैं। अपने क़ानून, अपनी नीतियाँ, अपनी संसद, अपनी सरकार, अपनी अदालतें आप अपने पास रखो। हम नये क़ानून, नयी नीतियाँ, नयी संसद, नयी सरकार और नयी अदालतें बनाने निकल पड़े हैं। वक़्त लगेगा मगर बनाएँगे। बनाना ही है...।

थोड़ी देर के लिये चुप्पी छा गयी।

कमांडर ने कहा—तो कलेक्टर साहब अब हम सोएँगे। थकान हो गयी है। आप भी आराम कीजिये।

–पर मुझे इस तरह अपहरण करके क्यों लाया गया है? यह तो बता दीजिये।

कमांडर हँसा—आप बहुत मेहनती हैं, खूब श्रम कर रहे थे। गाँव-गाँव जाकर 'जन-सुनवाई' कर रहे थे तो आप थक गये होंगे, यही सोचकर हमने आपको यहाँ बुलवा लिया। अब आप हमारे 'रेस्ट हाउस' में रेस्ट कीजिये।

–रेस्ट या अरेस्ट?

–अरेस्ट तो आप करते हैं। किसी ने जुलूस निकाला, तो अरेस्ट। भूख हड़ताल हुई, तो अरेस्ट। अनशन हुआ, तो अरेस्ट। सारे अरेस्ट आपके यहाँ हैं। हमारे यहाँ रेस्ट है। कमांडर हँसने लगा।

दो बन्दूक़धारियों ने धीरे से कहा—चलिये, सर। अब कामरेड कमांडर सोएँगे।

कमांडर ने कहा—लाल सलाम!

उन्होंने कहा—जयहिन्द!

और मुड़ गये।

बाहरी दुनिया में वैसी ही हड़बोंग मची थी। सरकार की नाक कट चुकी थी। कलेक्टर जैसे आला अफ़सर की जान बचाना और छुड़ाकर वापस ले आने की चुनौती से उसके हाथ-पैर फूल गये थे। आई.ए.एस लॉबी मुखर न हुई थी, मगर बेचैन करवटों का दौर उस पर भी तारी था। चीफ़ सेक्रेटरी तो मुख्यमन्त्री से कह चुके थे कि अन्तिम अस्त्र के तौर पर हमें सैन्य कार्यवाही के लिये तैयार रहना चाहिये। केन्द्रीय गृहमन्त्री इसके लिये तैयार न थे। उनका कहना था कि अगर सैन्य कार्यवाही की गयी तो दुनिया भर के दुश्मन मुल्क इसे गृह-युद्ध बताने लगेंगे और संवैधानिक दिक़्क़तें पैदा हो जाएँगी। खुद विपक्ष, तानाशाही और सैनिकशाही के आरोप लगाकर, राजनीतिक फ़ायदे उठाने की कोशिश करेगा। इसलिये मामला पहले बातचीत से और फिर पुलिस तथा अर्द्धसैनिक बलों से ही सुलझाने की रणनीति बनायी गयी। अर्द्धसैनिक बलों की कई कम्पनियों को ज़िला मुख्यालय में भेज दिया गया।

कलेक्टर के परिवार में दुःख निरन्तर गहरा होता जा रहा था। तीन दिन हो रहे थे और दवाओं को भिजवाने का कोई सरकारी इन्तज़ाम, अब तक कारगर न हुआ था। एक पूर्व विधायक को इसके लिये साधा गया था। परन्तु वह पूरी तरह तैयार नहीं हो पा रहा था। उसे डर था कि बाद में सरकार तंग करेगी।

मध्यस्थ बहुत प्रतिष्ठित व्यक्ति थे। एक, प्रदेश के पूर्व मुख्य सचिव। यानी स्वयं सीनियर आई.ए.एस। सेवा-निवृत्ति के बाद आदिवासी विषयों पर जन-जागरूकता के कामों में लग गये थे। उनके चरित्र पर कोई दाग़ न था। नैतिक साहस से भरपूर और अपने विश्वासों के प्रति दृढ़। अस्सी से ऊपर की उम्र और सार्वजनिक जीवन का विश्रामहीन श्रम। प्रदेश सरकार से ज़्यादा बड़ी साख। मीडिया के वीरों से ज़्यादा धारदार जुझारूपन। राजनैतिक दलों के घोषणा-पत्रों से ज़्यादा विश्वसनीय कथन।

सुबह कलेक्टर साहब ने कमांडर को खबर भिजवायी कि उनके कपड़े मैले हो गये हैं और उन्हें टहलने की डॉक्टरी सलाह है। घंटे-भर में लुंगियों का एक नया जोड़ा और कुर्तों का इन्तज़ाम हो गया। गाँव में ही बननेवाली टायर की एक जोड़ा चप्पलें आ गयीं। पहाड़ी नाले के साफ़ पानी में उन्हें नहला लाया गया।

कमांडर ने अपने साथ टहलने का निमन्त्रण भी भेज दिया। वे लुंगी-कुर्ता और टायर की चप्पलें पहनकर, थोड़ा लँगड़ाती और असहज चाल चलकर आये।

कमांडर ने मुस्कुराकर पूछा—कैसे हैं?

कलेक्टर ने अपने को प्रदर्शित किया—ऐसे हैं, देख लीजिये। फिर मुस्कुराये भी। इन तीन दिनों में उन्होंने अपने को इस नयी जीवन-शैली में ढाल लिया था और अपने को परिस्थितियों के हाथों छोड़ भी दिया था।

-मेहमाननवाज़ी पसन्द आयी?

-न भी आये, तो क्या कर सकते हैं?

कमांडर आदतन हँसा—जीवन में नये-नये स्वाद लेते रहना चाहिये।

-लेना ही पड़ेगा। ले रहा हूँ। पर मेरी बेटी बहुत परेशान होगी। चार साल की है। बीमार न पड़ गयी हो।

-नहीं, वह बीमार नहीं पड़ी है। हाँ, उसे आपकी याद बहुत आती है। आपकी पत्नी थोड़ी-थोड़ी देर में रोने लगती है। मगर उन्हें अब धीरज भी आ रहा है। सरकार आपके लिये बहुत कुछ कर रही है।

-आपको सारी बातें पता हैं?

-हाँ, हमारा गुप्तचर-तन्त्र तगड़ा है। क्या आपको नहीं पता?

-अब पता चल गया है। पर हैरान हूँ कि सरकार का गुप्तचर तन्त्र इतना कमज़ोर क्यों है? एक कलेक्टर तीन दिनों से किडनेप्ड है और उसे यह भी पता नहीं है कि वह है किस जगह पर?

-देख लीजिये, और आप हैं कि इसी सरकार के भजन गाते रहते हैं।

-ताज्जुब है।

वे एक निश्चित दायरे में टहल रहे थे। पहरेदारों की चौकस निगाहें दूर-दूर तक थीं।

-ताज्जुब की क्या बात है? बात तो भरोसे की है। सरकार पर किसी का भरोसा नहीं है। स्वयं सरकारी वेतन पानेवाले भी उस पर भरोसा नहीं करते। सरकारी लोगों से ही हमें सूचनाएँ मिलती हैं। पर हमारी सूचनाएँ उन्हें नहीं मिल पातीं। दलम के लोग तोड़े नहीं जा सकते। आप यहाँ साल-भर भी रहें, तो किसी को ख़बर नहीं लगेगी। जबकि पच्चीस-तीस लोग तो कम-से-कम ऐसे हैं, जो जानते हैं कि आप

कहाँ हैं। भरोसा ही हमारी ताक़त है। और भरोसा वेतन से नहीं बनता, सिद्धान्त, समर्पण और लक्ष्य की पवित्रता से बनता है।

कलेक्टर चुप रहे।

कमांडर ने पूछा—आप क्या सोचते हैं?

–आपकी बातों में दम तो है। मैंने आई.ए.एस की तैयारी करते समय राजनीति शास्त्र पढ़ा था और देश-विदेश के क्रान्तिकारी संगठनों के प्राण तक दे देनेवाले लोगों के बारे में जाना था। चन्द्रशेखर आज़ाद, बिस्मिल, अशफ़ाक, भगतसिंह, रोशन लाल, सुखदेव, बटुकेश्वर दत्त वगैरह ऐसे ही लोग थे। मन्मथनाथ गुप्त को तो मैंने देखा भी है और यशपाल को खूब पढ़ा है। उनकी 'दादा कामरेड', 'झूठा-सच' वगैरह।

–यशपाल और गुप्त को पढ़ा है, तो हमें आप बेहतर समझ सकते हैं। पर क्या आपने माओ, मार्क्स और एँजिल्स को भी पढ़ा है? क्या आप लेनिन, कास्त्रो और चे की ज़िन्दगी के बारे में जानते हैं?

–नहीं। लेनिन के बारे में थोड़ा-सा पता है। पर बाक़ी?

–पढ़िये-पढ़िये। पढ़ेंगे नहीं तो इतिहास को समझेंगे कैसे? और अगर इतिहास नहीं समझेंगे तो देश को कैसे समझ पाएँगे? सरकार के चरित्र को कैसे जानेंगे? खुद अपना लक्ष्य कैसे निर्धारित करेंगे?

–आप बहुत शिक्षित लगते हैं?

–हाँ, कभी यूनिवर्सिटी में पढ़ाया करता था।

–यूनिवर्सिटी में? कलेक्टर चौंके।

–हाँ ।

–सब्जेक्ट?

–पॉलिटिकल साइंस।

–फिर भी, यहाँ?

–इसीलिये, यहाँ।

कमांडर ने घड़ी देखी—आधा घंटा हो गया। टहलना ख़त्म। जाइये नाश्ता वगैरह कीजिये।

–और आप?

–मैं निकलूँगा। ट्रेनिंग कैम्प में जाना है।

–ट्रेनिंग कैम्प?

–हाँ।

–मिलिट्री-ट्रेनिंग?

कमांडर ने ठहाका लगाया—सब कुछ एक ही दिन में जान लेंगे क्या? अच्छा, लाल सलाम।

उन्होंने कहा—जयहिन्द!

वह अपने अंगरक्षकों के दस्ते के साथ चला गया।

नाश्ते के बाद कलेक्टर अपने कमरे में लौटे। कमरे में उनकी चटाई पर पुस्तकों का एक छोटा-सा ढेर लगा हुआ था। पढ़ने का शौक़ तो उन्हें शुरू से रहा है। रास्ते में पड़ा हुआ कागज़ का टुकड़ा भी, उठाकर पढ़ लिया करते थे। इस एकान्त में, दिन भर का लम्बा समय काटना दूभर हो रहा था, अब किताबों के सहारे समय तो कटेगा। उन्होंने दो-तीन किताबों का तकिया बना लिया और एक किताब पढ़ने लगे। आँखें किताब पढ़ रही थीं, और दिमाग़ पत्नी और बच्चों के बारे में सोच रहा था। मेरे बारे में जाने उन्हें क्या ख़बर मिली होगी? पत्नी का खाना-पीना छूट गया होगा। बेटी के मन पर क्या असर हो रहा होगा? कितने मित्र-रिश्तेदार घर पहुँचे होंगे? सरकार क्या कर रही होगी? आई.ए.एस लॉबी ने ज़रूर कुछ-न-कुछ किया होगा।

पिता का चेहरा भी पन्ने पर उभरा। शान्त। प्रभामय। तस्वीर जैसा अकम्पित। वे होते तो क्या करते? क्या सोचते?

उन्होंने आँखें मूँद लीं। किताब से चेहरा ढाँक लिया। लगा ब्लड प्रेशर बढ़ रहा है। लगा अस्थमा उठेगा। कनपटियों की नसें फड़फड़ाकर फट सकती हैं।

वे भय से मुक्ति पा चुके थे। साहस बटोरकर अपने को दुरुस्त भी कर रखा था। मगर अब असह्य हो रहा था, कमांडर का अनिर्णय। वे लोग क्या करना चाहते हैं। मारना ही है तो मार क्यों नहीं देते? एक गोली ही तो दाग़नी है भेजे में या फिर दिल पर। मौत का खिंचते जाना, मौत से ज़्यादा त्रासदायी है। अगर कोई शर्त है, तो बता क्यों नहीं देता? ओह!

वे परेशान होकर उठ बैठे। बॉटल से पानी पिया, गरम और खारा। कितनी ही देर तक अवसन्न-से बैठे रहे।

घर। बेटी। पत्नी। पिता। मौत। सरकार। प्रशासन। कमांडर। गोली। उसका हँसना कितना निर्मम है। भावना-शून्य और संवेदनहीन। पत्थर दिल। गोली चलाते हुए न हाथ काँपते हैं, न दिल। प्राणों की कोई क़ीमत नहीं उनके आगे।

फिर वे चे-ग्वेरा की ज़िन्दगी के बारे में लिखी गयी किताब में डूब गये। दिमाग़ में मची उथल-पुथल से बचने का उपाय यही था। एक बार उसे पढ़ना शुरू किया, तो फिर बीच में अपने को रोक न सके। चे की ज़िन्दगी में ही खो गये। ऐसी अद्‌भुत और बेमिसाल शख़्सियत। क्रान्ति के बाद क्यूबा सरकार में मन्त्री बना, मगर

मन्त्रिमंडल में रम न सका। बोलिविया की क्रान्ति में हिस्सेदारी करने जा पहुँचा और वहाँ मारा गया। वे सोचने लगे कि क्या अपने देश में किसी राजनेता से, मन्त्री-परिषद् छोड़कर, जान की बाज़ी लगानेवाले संघर्ष में शामिल होने की आशा की जा सकती है?

फिर दिमाग़ कमांडर के बारे में सोचने लगा—कैसा अनोखा आदमी है? पढ़ा-लिखा है। यूनिवर्सिटी में प्राध्यापक था। चैन की ज़िन्दगी थी। सब छोड़कर अपराधों की दुनिया में चला आया। बातें तो बड़ी ज़हीन क़िस्म की करता है। प्रभावित कर लेता है बातों से। मगर मार-काट, अपहरण, लूट। ऐसी ज़िन्दगी के साथ तालमेल कैसे बैठा पाता होगा।

ब्रेकिंग न्यूज़!

नक्सलियों ने अपने 13 गिरफ़्तार साथियों को छोड़ने की शर्त रखी है। किसी चैनल ने संख्या बढ़ाकर बतायी और किसी ने घटाकर। कमिश्नर ने फ़ोन करके कलेक्टर की पत्नी को सान्त्वना दी—चिन्ता मत कीजिये। बातचीत शुरू हो गयी है। वे लोग कुछ गिरफ़्तार लोगों को रिहा करने की माँग कर रहे हैं। रिहा करने की माँग है, इसलिये उनके पति की जान को कोई ख़तरा नहीं है।

जब तक मक़सद सामने नहीं आया था, तब तक ख़तरा था। अब टल गया है। किन्हें रिहा कराने की माँग है, सूची बाद में दी जाएगी। सरकारी स्तर पर बैठकों का दौर शुरू हो गया। सरकारी क्षेत्रों में खुशी महसूस की जाने लगी। सत्ता दल ने चैन की साँस ली। मुख्यमन्त्री ने ऊपरवालों से हँसकर बातें कीं। उनका मुस्कुराता चेहरा टीवी में नज़र आया। प्रतिपक्ष थोड़ा पस्त हुआ।

शाम को फिर कमांडर ने बुलवा लिया।

-आइये सर, कैसे हैं?

-न मरा हुआ, न ज़िन्दा?

कमांडर ने ठहाका लगाया—क्या सर, आप तो निराश हो गये।

-नहीं, हताश हो रहा हूँ।

-क्यों?

-आप मुझे गोली क्यों नहीं मार देते। जब मारना ही है, तो उसे इतना खींचने की क्या ज़रूरत है? मौत का इन्तज़ार, मौत से ज़्यादा तकलीफ़देह हो रहा है। सहा नहीं जाता।

कमांडर फिर हँसा—मैंने कहा था ज़िन्दगी के हर रंग का स्वाद लेना चाहिये।

यह भी एक रंग ही है। हम तो दसियों सालों से, इसी मानसिकता में जी रहे हैं। कब, कौन सी गोली आकर ज़िन्दगी ख़त्म कर देगी, इसका अन्देशा हर पल बना रहता है। आपके साथ बातें कर रहे हैं और हो सकता है कि एक हैलिकॉप्टर आये और गोलियों की बौछार करने लगे। हमारे कामरेड्स इसीलिये चौबीसों घंटे चौकन्ना रहते हैं। आप तीन दिन में ही मौत माँगने लगे। हम तो हर पल मौत से लड़ते हुए, ज़िन्दगियों को सँवारने के काम में जुटे हैं। जुटे रहेंगे। जिस पल मर रहे होंगे, उस पल भी कुछ कर रहे होंगे।

–हाँ। सच है, आप रोज़ मौत की छाया में रहते हैं। तो फिर छोड़ क्यों नहीं देते, यह जीवन? डकैतों जैसी ज़िन्दगी भी कोई ज़िन्दगी है? हत्याओं से भी कुछ हासिल हो सकता है? आप तो एजुकेटेड हैं। प्रोफेसर रहे हैं। लौट जाइये उसी चैन से भरी ज़िन्दगी में।

कमांडर फिर हँसा—ग़लतफ़हमी है आपको, कलेक्टर साहब। चैन कहीं नहीं है। मैं उधर था, तो ज़्यादा बेचैन था। अब थोड़ा सुकून है। देश में जब दस करोड़ लोग भूखे सो रहे हों, तब मैं डायनिंग-टेबल पर चैन कैसे पा सकता हूँ? करोड़ों आदिवासियों को जब लूटा जा रहा हो, उनकी औरतों से बलात्कार हो रहे हों, तब मैं पलंग पर चैन से कैसे सो सकता हूँ? जब सत्ता में बैठे हुए लोग ही देश को खा रहे हों, तब मैं यूनिवर्सिटी में लेक्चर देते हुए, कैसे चैन हासिल कर सकता हूँ? चैन तो अब है। अब बहुत चैन है कि हम लूट, अन्याय, शोषण के ख़िलाफ़ सीधी कार्यवाही में लगे हैं। क्रान्तिकारी उद्‌देश्यों को पूरा करने में जुटे हैं। ज़िन्दगी एक मक़सद के लिये जी रहे हैं। हम बदलाव के लिये समर्पित हैं।

–यही तकलीफ़ें मुझे भी हैं। अन्याय, लूट और शोषण के ख़िलाफ़ ही मैं भी काम कर रहा था, मगर एक क़ानूनी तरीक़े से। लीगल तरीक़े से। आपने वह भी नहीं करने दिया? मैंने कितने ग़रीबों के काम कराये, कितने आदिवासियों को रोज़गार दिलवाया, कितने सरकारी अफ़सरों को पनिश किया। सस्पेंड किया। प्रमोशन रोके।

–आपने लाल-बत्तीवाली गाड़ी में चलकर और एयरकंडीशंड दफ़्तर में बैठकर ग़रीबों के काम कराये, पर उसकी ग़रीबी ख़त्म की? पूरी नौकरी के दौरान, क्या आप एक भी निर्धन की निर्धनता मिटा सके? आदिवासियों को आपने रोज़गार दिलाया, पर क्या साहूकारों के चंगुल से उन्हें मुक्त करा सके? लूट रोक सके? रिश्वतें बन्द करा सके? अपने मन्त्री के ग़लत हुक्म को 'न' कह सके? नहीं। कुछ नहीं किया आपने। यह सब सरकारी छलावा है। भ्रम है। अपने को धोखे में रखने की चालें हैं। आप खुद इसी धोखे का शिकार हैं। समझ रहे हैं कि सारे क्रान्तिकारी काम आप ही कर रहे हैं। आप कुछ नहीं कर रहे हैं। व्यवस्था के मकड़जाल में फँसे

हुए, एक मच्छर से ज़्यादा हैसियत नहीं है आपकी। और आप भ्रम पाले हुए हैं कि उस जाल को काट रहे हैं। एक राशन-कॉर्ड या जॉब-कॉर्ड बनवा देने से ज़िन्दगी नहीं बदली जा सकती। कैरोसिन वाजिब दामों पर दिलवा देने से भूख ख़त्म नहीं की जा सकती। ये तो आपकी सड़ी-गली व्यवस्था के छेद हैं, जिन्हें आप मूँदते फिर रहे हैं। शिविर लगा-लगाकर, अपने ही मातहतों की गंदगी को साफ़ कर रहे हैं। इन कामों से शोषण, अन्याय, लूट ख़त्म नहीं होते। जड़ तो कहीं और है। वहाँ तक आप पहुँच ही नहीं सकते। भ्रमों को त्यागिये और सच्चाई का सामना करना सीखिये, श्रीमान् कलेक्टर महोदय जी! आदिवासियों को किसी से कुछ भी नहीं चाहिये। उन्हें सुकून की ज़िन्दगी और अपने जंगल, ज़मीन और पानी मिलते रहें, बस। पर आपकी सरकारों को वह भी गवारा नहीं। वह उन्हें उजाड़कर, उनकी ज़मीनें अपने पूँजीपति आक़ाओं को दे देना चाहती हैं। क़ुदरत का करिश्मा तो समझिये ज़रा! देखिये आदिवासियों के पास कुछ भी नहीं है लँगोटी के सिवाय, पर उनके पैरों के नीचे धरती का ख़ज़ाना छिपा हुआ है। पूँजीपतियों के पास सब कुछ है, पर और पाने की चाह में उन्हें आदिवासियों के आगे समर्पण करना पड़ रहा है। सरकारों के ज़रिये उसे उजाड़ने का खेल खेला जा रहा है। वे सोचते हैं कि जो हमसे कुछ भी नहीं माँगता, वही हमारा सबसे बड़ा दुश्मन है। वे उसे जंगलों-खेतों से उजाड़ते हैं और जब वह पलायन कर, रोटी की तलाश में शहर पहुँचता है, तो वहाँ उसे फिर-फिर उजाड़ा जाता है। उस पर आरोप लगाये जाते हैं कि वह उनके सुंदर नगरों को गंदा कर रहे हैं।

कलेक्टर ने तर्कों का यह नया रूप देखा था। वे चुप रहे। कमांडर उत्तेजित हो गये थे। कमांडर ने अपनी उत्तेजना को पहचाना और संयत होने का प्रयास किया। पानी पिया। कलेक्टर को पानी पेश किया—लीजिये सर।

गुमसुम हो चुके कलेक्टर ने पानी ले लिया और निर्जीव तरीक़े से उसे पीने की कोशिश की।

–सॉरी, सर! मैं एक्साइट हो गया था। पर सच्चाई यही है।

कलेक्टर शान्त रहे।

–आपको बुरा लगा हो, तो मुझे माफ़ करें। मेरा इरादा वैसा नहीं था।

कलेक्टर ने कोई प्रतिक्रिया ज़ाहिर नहीं की।

–अच्छा सर, यह बताइये आपने कुछ पढ़ा? मैंने किताबें भिजवाई थीं।

कलेक्टर ने धीमे स्वर में कहा–हाँ, पढ़ा।

–क्या?

–वो चे ग्वेरा का लाइफ़ स्केच।

–उसे पढ़ा आपने?

–हाँ।

–कितना?

–पूरी होने को है?

–अरे वाह, खूब स्पीड है आपकी!

–दिन–भर और करता ही क्या? किताबें थीं तो थोड़ा बिज़ी रहा।

–अच्छा ये चे आपको कैसा लगा?

कलेक्टर ने आँखें उठाकर कमांडर की आँखों में जड़ते हुए कहा—बिल्कुल आप जैसा।

कमांडर चकित हुआ—मुझ जैसा?

–हाँ।

–क्या कहते हैं, सर? कहाँ वह, कहाँ हम? अगर मैं ज़रा–सा भी उस जैसा हो सका, तो अपने को धन्य मानूँगा।

–आप अपने को धन्य मान सकते हैं।

–ओह थैंक्स सर, वैरी थैंक्स। चे ही मेरा आदर्श है। पर वह कमबख्त, बहुत बड़ा है। बहुत बड़ा। उसकी छाया तक छू सकना नामुमकिन है।

चाय आ गयी। पी गयी। आज कलेक्टर ने अपना जूठा मग किसी को उठाने नहीं दिया। खुद ही उसे धोने गये, जैसे दूसरे सारे लोग अपने–अपने मग धो रहे थे। किसी ने उन्हें रोका भी नहीं।

कलेक्टर लौटे तो कमांडर ने बात आगे बढ़ाई—असल में अभी बहुत कुछ किया जाना है। आप जैसे लोग भी बहुत कुछ कर सकते हैं अपने दायरे में रहते हुए भी।

—जैसे?

–जैसे पहले तो आप यही कर सकते हैं कि हमें अपराधी और समाज–विरोधी समझने की मानसिकता का त्याग करें। हम अपराधी नहीं हैं। जो कुछ हम कर रहे हैं, उसका एक महान उद्देश्य है। अपराधी अपने सुख के लिये अपराध करते हैं। अपने स्वार्थ के लिये करते हैं। हम जो कर रहे हैं, वह निजी नहीं, सामूहिक स्वार्थ के लिये है।

–आप लोगों ने कैम्प पर अटैक करके सैकड़ों अर्द्ध–सैनिक बलों को मार डाला, क्या वो अपराध नहीं है? आख़िर वर्दियों के अन्दर वैसे ही ग़रीब, मासूम, दलित और आदिवासी लोग हैं जैसे कि गाँवों में रहनेवाले।

–हमें उसका बेहद दुख है।

–बस, इतना कह देने से हत्याएँ माफ़ हो जाएँगी?

–देखिये वे यहाँ कैम्पों में किसलिये लाये गये थे? हमें मारने के लिये ही न्। कलेक्टर चुप रहे।

–चुप क्यों हैं, बोलिये।

–हाँ वे एँटी-नक्सल फ़ोर्स के रूप में ही यहाँ आये थे।

–आये नहीं थे, लाये गये थे। सरकारी हुक्म से भेजे गये थे। उनकी हमसे दुश्मनी तो थी नहीं, जो वे खुद आते। उन्हें भेजा गया, इसलिये वे आये। आने में उनका अपराध नहीं है। वे उनमें से ही थे, जिनके लिये हम संघर्ष कर रहे हैं, मगर...।

–मगर क्या?

–मगर वे सरकार के हाथों में इस्तेमाल हो रहे थे। सरकार हमारे ख़िलाफ़ ग़रीबों का इस्तेमाल कर रही है।

–इसमें उनका क्या दोष? वे नौकरी कर रहे थे। रोज़ी कमाने के लिये भर्ती हुए थे। उन्हें अपने परिवार पालने थे।

–हाँ। पर जब वे शत्रु-पक्ष की ओर से मरने-मारने निकले हों, तब वे अपने ही वर्ग के ख़िलाफ़ कार्यवाही करने निकले होते हैं। ऐसे में वे हमारे भी शत्रु बन जाते हैं। हम उन्हें नहीं मारेंगे, तो वे हमें मार देंगे। वे मरते हैं, तो एक सरकारी नौकर मरता है, परन्तु जब हमारा एक कामरेड मरता है, तो क्रान्ति और बदलाव का एक प्रतिनिधि मरता है। यह क्षति ज़्यादा बड़ी है। समाज की क्षति है। क्रान्ति की क्षति है। हमें इस क्षति को होने नहीं देना है। हम भावुक नहीं हो सकते कि वह वर्दीवाला है तो क्या हुआ, भाई तो अपना ही है। अगर भाई है, तो वह भाई के ख़िलाफ़ सरकार के साथ क्यों है? पूँजीवादियों और साम्राज्यवादियों के साथ क्यों है? वह बेईमानों से लड़नेवालों के साथ क्यों नहीं है?

–पेट की ख़ातिर।

–पेट ही सब कुछ नहीं है। उसके अलावा भी बहुत कुछ है। मेरा तो पेट भरा हुआ था। और कनस्तरों में भी कई महीनों के लिये रखा हुआ था, फिर मैं क्यों इस रास्ते पर आया? हज़ारों-हज़ारों लोग क्यों इस रास्ते पर हैं? एक पवित्र उद्देश्य के लिये। एक ऐसे समाज की स्थापना के लिये, जो शोषणमुक्त होगा। किसानों-मज़दूरों की सत्ता का होगा। आदिवासियों की अधिकार सम्पन्नता होगी।

–सरकार ने इसी के लिये तो 'पेसा' की संवैधानिक व्यवस्था की है।

कमांडर ज़ोर से हँसा—पेसा? पीईएसए? पंचायत एक्सटेंश टू शेड्यूल्ड एरियाज़? इसके भुलावे में आप आ सकते हैं, हम नहीं। हम तो आदिवासी इलाक़ों

में साम्राज्यवादी ताक़तों के सामने अपने नैसर्गिक-अधिकारों की स्थापना करने निकले हैं। वह कभी भी पूँजीपतियों के धन से जीतनेवाली पार्टियों की सरकारों के बूते नहीं हो सकता। वह तो एक ही रास्ते से होगा क्रान्ति के रास्ते से। भारतीय संविधान बना, मगर उसमें आदिवासी परम्पराओं के लिये, कोई क़ानूनी प्रावधान नहीं किया गया, क्यों?

–आप लोग चुनाव लड़िये। आपके पास बेहतर उद्देश्य हैं, तो जीतेंगे भी। फिर जैसा समाज बनाना चाहते हैं, बनाइये।

–यह एक बुर्जुवा तर्क ही है। भ्रष्ट चुनाव-तन्त्र में कौन जीतेगा और कौन हारेगा यह सबको पता है। हम लोग चुनाव-बहिष्कार का आह्वान करते हैं, तो सैकड़ों गाँवों में कोई भी वोट डालने नहीं जाता, मगर गिनती के समय उन पेटियों और मशीनों से वोट निकलने लगते हैं, कैसे? बेईमानी से। हमारी ऐसे चुनावों पर कोई आस्था नहीं। ये चुनाव एक छलावा हैं। भ्रम में रखने की तरकीबें हैं। अच्छा, मेरे कुछ सवालों का जवाब दीजिये।

–पूछिये।

–चुनाव में एक निर्धन खड़ा हो और एक धनवान, तो जीतने की सम्भावना किसकी होगी?

–धनवान की ही।

–एक भला और ईमानदार आदमी हो और दूसरा छंटा हुआ बदमाश-गुंडा, तब?

–शायद बदमाश की।

–एक तरफ़ मेधा पाटकर जैसा आन्दोलनकारी हो। असग़र वजाहत या यशपाल जी जैसा लेखक हो और दूसरी तरफ़ एक सत्ता पार्टी का ठेकेदार हो, तब?

–ठेकेदार ही जीतेगा।

–क्यों?

–क्योंकि वे राजनैतिक लोग नहीं हैं। लेखक या भले लोग हैं।

कमांडर हँसा—राजनैतिक तो ये जीतनेवाले लोग भी नहीं हैं। धन्धेबाज़ लोग हैं। लूटने-खसोटनेवाले लोग हैं। असल में चुनाव-तन्त्र पूँजीपतियों के हाथ का खिलौना है। लोकतन्त्र के लिये जनता का शिक्षण नहीं हुआ है। असहमति का एक वाक्य जिस समाज और राजनीति में बर्दाश्त न किया जाता हो, वहाँ आप लोकतन्त्र की बात करते हैं? कलबुर्गी, पानसरे और दाभोलकर सरेआम मारे गये। गोलियों से भून दिये गये और हत्यारे पकड़े नहीं जा रहे हैं। सत्ता के ज़िम्मेदार लोग ख़ामोश हैं? यह वही समाज है, जहाँ मूर्ति-पूजक भी मज़े से रहते रहे हैं और मूर्ति-पूजा के

विरोधी भी। शैव और वैष्णव एक साथ रहते थे। आस्तिक और नास्तिकों का सह-अस्तित्व था और आज भी है, पर चन्द लोग दूसरे पक्ष को जड़ से ही मिटा देने पर आमादा हैं और आप कहते हैं कि लोकतन्त्र है? ऐसे नक़ली लोकतन्त्र के हम ख़िलाफ़ हैं। यह लोगों को बेवकूफ़ बनानेवाला लोकतन्त्र है। लोकतन्त्र का बिजूका खड़ा कर दिया गया है और कहा जा रहा है कि वह लोकतन्त्र है।

कमांडर फिर उत्तेजित हो गया था। उसे अपनी उत्तेजना का अहसास हुआ तो वह शर्मिन्दा हुआ—माफ़ करना कलेक्टर साहब; फिर से ज़रा एक्साइटमेंट में आ गया था।

कलेक्टर ने कहा—हिंसा तब भी जायज़ नहीं हो सकती। आप वैदिक ब्राह्मणों की तरह नहीं कह सकते कि—वैदिकी हिंसा, हिंसा न भवति।

-हाँ, हिंसा बुरी चीज़ है, पर वह उसे अकारण और सकारण या व्यर्थ और सार्थक हिंसा के तौर पर देखे जाने की ज़रूरत है।

कलेक्टर सोच में पड़ गये।

कमांडर ने पानी पिया—क्या सोचने लगे, कलेक्टर साहब!

-आपकी कुछ बातें ठीक लगती हैं, कुछ नहीं लगतीं।

-कोई बात नहीं। जितनी ठीक लगें, उतनी मान लीजिये। हिंसा के हम भी विरोधी हैं, पर यह देखना बहुत ज़रूरी होता है कि वह कब सही है और कब ग़लत?

-हिंसा भी कभी सही हो सकती है?

कमांडर खुलकर हँसा—सीमाओं पर हमारी फ़ौजें जो करती हैं वह वाजिब हिंसा है या ग़लत हिंसा, बताइये तो ज़रा? अशोक ने कलिंग युद्ध के बाद अहिंसा का व्रत लिया था, बदले में यह देश हज़ारों साल तक गुलाम रहा आया। योद्धा वल्कल वस्त्र पहन लेंगे तो यही होगा। गाँधी ने अशोकवाली कायर अहिंसा के ख़ोल से देश को निकालने के लिये, वीरता से युक्त अहिंसा का आविष्कार किया था। अहिंसा को अहिंसा से मारकर ही गाँधी हमारे देशवासियों में जीतने का जज़्बा पैदा कर सके थे। यहाँ तक गाँधी की भूमिका के हम भी मुरीद हैं, पर बाद में तो वे भी पूँजीपतियों की गोद में चले गये थे।

कमांडर ने घड़ी देखी—वक़्त हो गया। अब मैं जाऊँगा। आज एक और 'जन-अदालत' है।

-मेरा वक़्त भी तो ख़त्म कीजिये।

-आपसे बातचीत करने में बहुत मज़ा आ रहा है। क्या आपको नहीं आ रहा?

-जिसे किडनैप कर लिया गया हो, जिसके बीवी-बच्चे मर-मर कर दिन

बिता रहे हों और जिन्होंने खाना-पीना तक छोड़ दिया हो, उसे 'मज़ा' कैसे आ सकता है? हाँ, बातें करता हूँ, क्योंकि आप लोगों को जानना चाहता हूँ। आपको कुछ बताना-समझाना चाहता हूँ।

–तब ठीक है, फिर मिलेंगे। हाँ, आपके परिवार में सब ठीक है, कुछ रिलेटिव्स आ गये हैं। कनु अच्छी है।

–कनु? आपको मेरी बेटी का नाम भी पता है?

–मुलाक़ात भी हो चुकी है।

–मुलाक़ात हो चुकी है, मतलब?

–हाँ, मैं आपके घर गया था। सबसे मिलकर आया हूँ।

–आप मेरे घर गये थे? किसी ने पहचाना नहीं...?

–कैसे पहचानता? मैं एक गँवई बनकर गया था, हुज़ूर के गायब होने का दुःख बाँटने। पर असल में परिवार से मिलने।

–तो क्या मैं मोबाइल पर बात नहीं कर सकता कनु से?

–यहाँ सिगनल्स नहीं मिलते। मोबाइल ख़तरनाक चीज़ है। न बाबा, न। हाँ, कल आपका रिकॉर्डेड मैसेज भिजवाने का प्रबन्ध हो जाएगा। ओ.के. दैन?

–ओ.के.।

–लाल सलाम!

–जयहिन्द!

कमांडर हँसता हुआ चला गया।

एक नये मोबाइल और सिम के साथ कलेक्टर के घर पर रिकॉर्डेड मेसेज आ पहुँचा था। पत्नी और बेटी खुश थीं, जैसे कलेक्टर खुद घर आ गये हों। छोटा-सा सन्देश था—'मैं अच्छा हूँ। आप दोनों को प्यार। जल्दी मिलेंगे।'

हालाँकि कलेक्टर को पता न था कि कब मिलेंगे। मिलेंगे भी या नहीं?

मध्यस्थों को मीडिया ने घेर लिया।

–हफ़्ता-भर होने जा रहा है, आख़िर बातचीत का नतीजा क्या निकला?

–क्या आप लोगों की मुलाक़ात कलेक्टर साहब से हुई?

–क्या माओवादियों से बात हुई?

–उनकी माँगें क्या हैं?

–कितने क़ैदियों को रिहा कराने की माँग है?

–सुना है कलेक्टर का रिकॉर्डेड मैसेज आया है?

–सरकार क्या करने जा रही है?

–कलेक्टर साहब की ज़िन्दगी सुरक्षित है या ख़तरे में है?

मध्यस्थों ने कहा—हमारी बातचीत चल रही है। कुछ लोग बीच में हैं, जो सन्देश लाते-ले जाते हैं, पर हमारी किसी से कोई मुलाक़ात नहीं हुई है। रास्ता बन रहा है। अच्छे परिणाम सामने आने की उम्मीद है।

आज कमांडर के साथ ही भोज हुआ। अन्य कई माओवादियों ने भी साथ में खाना खाया। दूसरे कैम्प की कुछ महिला-माओवादी भी शरीक हुईं। दाल-भात के साथ किसी कन्द की तरकारी भी थी। आलू जैसा स्वाद। एक-एक दोना पेज भी।

कमांडर ने बताया—यह पेज है। चावल से बनता है। ज़्यादातर ग्रामीणों का कम्पलीट फूड। इसमें लाल मिर्च का बुकनू डालकर पी लेते हैं।

–बुकनू?

–मिर्च-पाउडर। आप भी पीकर देखिये।

कलेक्टर दोना उठाकर पीने लगे। कमांडर ने रोका—खाना खाने के बाद। उन्होंने दोना रख दिया।

कलेक्टर ने कहा—यहाँ के भोजन में एक ख़ास स्वाद है।

–आम हिन्दुस्तानी का खाना यही है और करोड़ों को यह भी नहीं मिलता।

ख़ामोशी।

–हम खाते तो हैं मगर खाते हुए ग्लानि भी होती है कि कितने लोग भूखे होंगे। कपड़े पहनते हैं, तो अन्दर-अन्दर शर्मिन्दगी की लहर उठती है कि करोड़ों के पास चिथड़ा तक नहीं है और हम पूरे कपड़े पहने हैं। इसीलिये दलम ने एक जोड़ी ड्रेस से ज़्यादा रखने पर पाबन्दी लगायी हुई है। सादा भोजन-सादे कपड़े। जब तक एक आदमी भी सुख से वंचित है हम अपने लिये सुख स्वीकार नहीं करेंगे। हमारा संघर्ष निजी हितों के लिये नहीं है, सार्वजनिक हितों के लिये है। सबके हित में हमारा हित है। सबके सुख में हमारा सुख है।

कलेक्टर ने एक कौर मुँह में रखकर कहा—शिकायतें आती हैं, कि आप लोग ठेकेदारों और साहूकारों से धन वसूलते हैं। न मिलने पर काम नहीं करने देते, मार देते हैं।

–हाँ। कुछ सच और कुछ झूठ। दोनों ही बातें हैं इसमें। ठेकेदार जंगल और ज़मीन से निकाल-निकाल कर सब हड़पे ले रहा है। जंगल और ज़मीन का आख़िर असली मालिक कौन है? आदिवासी है। तो आदिवासी के जंगल और ज़मीन से

अगर सरकार रॉयल्टी ले सकती है, तो खुद आदिवासी, जो कि असली मालिक है, रॉयल्टी क्यों नहीं ले सकता? तो हम अपनी रॉयल्टी वसूल करते हैं। जहाँ ग़लत तरीक़े से जंगलों का दोहन हो रहा हो, वहाँ से उन्हें भगा देते हैं। नहीं मानते तो सज़ा भी देते हैं। अपनी सम्पत्ति बचाना अपराध नहीं है।

–पर जंगल, खनिज वगैरह तो सरकार के हैं।

–नहीं, जल, जंगल, ज़मीन समाज के हैं। कोई भी सरकार उनकी मालिक नहीं हो सकती। वह प्रबन्धकर्ता तक ही अपनी भूमिका रख सकती है। सरकार अपने को मालिक मानने लगी है, इसीलिये उसने जंगल बेच दिये, खनिज बेच दिया, नदियाँ बेच दीं। शिवनाथ नदी एक कम्पनी के हवाले कर दी थी। जनता ने संघर्ष से नदी को मुक्त कराया। सरकारों ने तो ईमान बेचा, धर्म बेचा, अब देश भी बेचने को तैयार हैं।

–पर क़ानूनन तो अपराध ही है।

–आपका क़ानून है, आप चाहे जो बना दें। आपको राम–कथा तो पता होगी?

–किसे नहीं पता, धर्मग्रन्थ हैं रामायण और रामचरित मानस।

–तो वह प्रसंग याद कीजिये, जहाँ विश्वामित्र अयोध्यापति दशरथ से राम–लक्ष्मण को माँगकर ले गये थे। क्यों माँगा था उन्होंने राम–लक्ष्मण को?

–यज्ञ–रक्षा के लिये।

–किससे यज्ञ–रक्षा?

–राक्षसों से।

–राक्षसों से क्यों?

–वे यज्ञ–स्थल नष्ट कर देते थे। धार्मिक अनुष्ठान बरबाद कर देते थे। धर्म–कर्म होने नहीं देते थे, इसलिये।

–क्यों नष्ट कर देते थे?

–वे असुर थे, अधर्मी, धर्म–विरोधी।

कमांडर हँसा—आ गये न आप भी ब्राह्मणों के चकमे में।

–चकमे में क्यों? धर्मग्रन्थों में ऐसा ही वर्णन है।

–उन्हें लिखा किसने?

कलेक्टर पल–भर चुप रहकर बोले—ब्राह्मणों ने।

–तो आप अपनी किताबों में अपना ही नज़रिया तो लिखेंगे, असुरों का पक्ष तो लिखने से रहे। मैं आपको बताता हूँ कि राक्षस और असुर यज्ञ क्यों नष्ट करते थे।

कलेक्टर खाना रोककर कमांडर को देखने लगे।

–असुर जिन्हें राक्षस कहा गया है, असल में मेहनतकश जाति थी। खेती

करती थी। अन्न उगाती थी। ब्राह्मणों को तो हल पकड़ना वर्जित था, यानी वे श्रमशील जाति से न थे। वे अन्न उगाने में कोई योगदान नहीं करते थे, उल्टा यज्ञ के नाम पर भारी मात्रा में, श्रमिक जातियों के द्वारा उगाया गया अनाज, तिल, जौ, घी, दूध, फल वगैरह जलाकर बरबाद कर देते थे। असुर, अन्न को जलाये जाने के विरोधी थे। वह भोजन था। श्रम से उगाया गया। तो उसकी रक्षा के लिये, वे यज्ञ को ही नष्ट कर देते थे। इसमें क्या ग़लत है? हमारा आज का भोजन यहाँ रखा होता और कोई उसे जलाकर कहता, कि मैं धर्म का काम कर रहा हूँ, तो क्या आप उसे ऐसा धर्म करने देंगे? कभी नहीं। बताइये इस बारे में आपकी क्या राय है?

कलेक्टर चुप रहे और पत्तल पर रखे भोजन को देखने लगे।

–मैं आपकी ब्लड-प्रेशर की गोलियाँ जला दूँ...कहूँ धर्म कर रहा हूँ। आपका इन-हेलर जला दूँ, कहूँ धर्म कर रहा हूँ। तो आप मुझे इसकी इजाज़त देंगे? करने देंगे ऐसा?

कलेक्टर ने सिर उठाया और गर्दन इनकार में हिलायी—नहीं।

–तो आपकी सरकार यही कर रही है। जंगल, ज़मीन, पानी बरबाद किये जा रहे हैं और बचानेवालों को अपराधी कहा जा रहा है। मीडिया उनका, अदालतें उनकी, क़ानून उनका। उनका अवैध, वैध। हमारा वैध, अवैध। लिख दीजिये एक और 'रामायण' और उसमें आप और आपकी सरकार बन जाएँ विश्वामित्र, और हमें बता दीजिये, राक्षस। पर हम आपकी किताबों और क़ानून के ख़िलाफ़ अपनी किताब और अपने क़ानून बनाने में लगे हैं। असलियत दूसरी किताब बताएगी। अब न तो किसी के कान में पिघला हुआ सीसा डाला जा सकता और न ही किसी को शिक्षित होने से रोका जा सकता। बहुत हो चुका। अब न होने देंगे।

कलेक्टर खाना ख़त्म कर चुके थे, पर कमांडर की पत्तल में अभी शेष था। उसने अन्तिम निवाला खाकर, अपनी जूठी पत्तल समेटी, पेज पिया और उठ गया। कलेक्टर ने भी पेज पिया, अपनी पत्तल समेटी और कमांडर के पीछे-पीछे उस गड्ढे तक गये, जहाँ पत्तलें फेंकी जा रही थीं और हाथ धोने जैसे कामों के लिये पानी का नियन्त्रित उपयोग किया जा रहा था।

कलेक्टर हाथ धोकर पलटे। रूमाल से हाथ पोंछा। कमांडर तेज़ क़दमों से विपरीत दिशा में बढ़ा जा रहा था। कलेक्टर ने अपनी जगह पर मज़बूती से खड़े रहकर कड़े स्वर में पुकारा—कॉमरेड कमांडर!

कमांडर इस स्वर को सुनकर चौंका। वह अपनी जगह पर थम गया। क्या कलेक्टर के हाथों में बन्दूक़ आ गयी है? उसने पलटकर देखा। कलेक्टर निहत्थे थे। बाक़ी लोग भी चौंककर उसी तरफ़ देख रहे थे।

कलेक्टर ने एक पल और उसी अकड़ी हुई देह पर खड़े रहकर देखा, फिर कहा—कमांडर, लाल सलाम!

कमांडर मुस्कुराया। उनके क़रीब आया। ठहरा। और सैल्यूट ठोंककर बोला—जयहिन्द! हिंसा हमें भी पसन्द नहीं, पर जब तक समानता और न्याय सबके लिये न हो जाएँ, तब तक हमारी मजबूरी है।

अगली सुबह कलेक्टर की आँखों पर पट्टी बाँधकर, माओवादी उन्हें शहर जानेवाली सड़क पर छोड़ गये। कलेक्टर की रिहाई पर फिर मीडियाई हंगामा हुआ। सरकार से पूछा गया—कलेक्टर को किस शर्त पर रिहा किया गया?

सरकार ने कहा—बिना शर्त रिहा कराने में सरकार सफल रही।

मुख्यमन्त्री ने दाहिने हाथ की दो उँगलियाँ दिखाकर अंग्रेजी भाषा का 'वी' अक्षर बनाकर कैमरे की ओर देखा।

पाइपर-माउस

नाबार्ड को राष्ट्रीय संगोष्ठियाँ करने की आदत है। उसका ऑडीटोरियम आधे साल संगोष्ठियों से भरा रहता है। पादप रोगों पर ख़त्म नहीं हुई कि आनुवंशिक-समस्याओं पर शुरू हो गयी। औषधीय फ़सलों पर प्लान की जा रही है और मुर्गी में आये बर्ड-फ्लू पर विचार चल पड़ा। उनके पास असंख्य विषय हैं और कारून का ख़ज़ाना भी है। खुद का बजट तो है ही, आई सी ए आर, कृषि-मन्त्रालय और अन्तर्राष्ट्रीय फ़ंडिग-एजेंसियों और विश्व बैंक का प्रायोजन भी हासिल रहता है।

'किसानों का शत्रु कृन्तक-चूहा' पर अन्तर्राष्ट्रीय स्तर की संगोष्ठी को विश्व बैंक ने प्रायोजित किया था। इसमें राष्ट्रीय-अन्तर्राष्ट्रीय ख्याति के वैज्ञानिक, जीवशास्त्री, आनुवंशिकी के विशेषज्ञ, किसान, सामाजिक कार्यकर्ता और गैर-सरकारी संगठनों के प्रतिनिधियों को आमन्त्रित किया गया था। एक सामाजिक कार्यकर्ता होने के नाते मुझे भी आमन्त्रण मिला था। आने-जाने के लिये ए.सी. टू-टीयर का किराया उपलब्ध कराया गया था और पाँच-सितारा होटल में ठहरने की सुविधा। होटल से बान्द्रा-कुर्ला कॉम्पलेक्स नामक बहु-मंज़िला भवन में पहुँचाने के लिये एयर-कंडीशंड बस थी। खुद संगोष्ठी-शाला इतनी उच्चकोटि की व्यवस्थाओं और भव्यता से युक्त थी, कि प्रवेश करते समय मैं हीनता-बोध की ठंडी लहर से विचलित हो रहा था। हालाँकि अभ्यास होने के कारण मैंने जल्दी ही उस पर क़ाबू पा लिया था।

बरामदे ग्रेनाइट-टाइल्स के थे और झकाझक चमक रहे थे। फ़िसल जाने का पूरा इन्तज़ाम था, पर हमें अपने को सँभालना था। महकती हुई खूबसूरत युवतियाँ, सीने पर बड़े-बड़े बैज लगाकर स्वागतोत्सुक मुद्रा में इस तरह मुस्कुरा रही थीं, कि वह मुस्कान असली होने का वहम पैदा करने लगे। हममें से कई लोग जवाबी मुस्कान के साथ पेश आये। एक युवती ने माथे पर तिलक लगाया, दूसरी ने शाख-युक्त गुलाब-पुष्प भेंट किया। रजिस्ट्रेशन काउंटर पर खूबसूरत पोर्टफ़ोलियो दिये गये, और इस तरह विश्व-बैंक भारत आकर, भारतीय लिबास धारण कर, भारतीय

मुद्राओं में तिरोहित हो गया।

ग्लेज़्ड-टाइल्स और ग्रेनाइट-पत्थरों के प्रयोग से उत्पन्न भव्यता के चंगुल में तो थे ही, विश्व-बैंक के चंगुल में भी हम मुस्कुराते-मुस्कुराते, बिना किसी नैतिक बाधा के चले गये। अन्दर वातानुकूलन की शीतल-सिहरन और एक ख़ास क़िस्म की भीनी-भीनी सुगन्ध में हम सराबोर हुए। भव्यता का अचम्भा वहाँ भी बाँहें पसारकर खड़ा मिला। कुशनदार मन-भावन आसन्दी, हरे रंग का लुभावन कार्पेट, सीढ़ीदार ऑडीटोरियम, छत से झरती नीली-दूधिया रोशनी और ज्योति-प्रपात में नहाता हुआ विराट मंच। मंच-सज्जा को नयनाभिराम कहने के लिये जीभ व्याकुल हुई। अंग्रेजी भाषा में संगोष्ठी के विषय का क़ीमती बैनर। उत्कृष्ट मेज़ें और कुर्सियाँ। सूट की मूल्यवत्ता में लापता व्यक्तित्ववाले, दौड़ते-कैमरों का वजूद, फ़ोटोग्राफ़रों की धमाचौकड़ी। बावजूद इसके सारी हबड़-दबड़ में भी शिष्टता-शालीनता का दबाव। सब कुछ अहा-अहा लग रहा था।

पोर्टफ़ोलियो को सीने से चिपकाये, अपने लिये आसन्दी का चुनाव करते हुए, मैं सामने से दूसरी क़तार में धँसा और मक्खन जैसी धसक में धीरे-धीरे समा गया। समाया ही था कि आसन्दी बहुत आदरणीय विधि से पीछे को फ़ैल गयी और मेरी पीठ को अपने कोमल स्पर्श से छूने लगी। पोर्टफ़ोलियो खोला। उसमें रखी पुस्तकें, संगोष्ठी में पेश किये जानेवाले शोध-पत्रों का संक्षेपण, कार्यक्रम की रूपरेखा और मोटी नोटबुक थी। उम्दा पेन था और लिखावट रेशमी। अब मेरा ध्यान पड़ोसियों पर गया। उधर एक प्रौढ़ और इधर एक मह-मह करती महिला थीं। उधर से गरिमा बह रही थी और इधर से महँगी खुशबू। बीच में मैं था—सन्तुलन साधता-सा। सन्तुलन साधते ही असाध्य होने लगा, क्योंकि जूते के ऊपर मोज़ों के पास कोई गुलगुली काया, अपनी बेचैनी सहित मौजूद लग रही थी। अपनी मध्यवर्गीय हड़बड़ाहट पर भरपूर काबू पाते हुए मैंने थोड़ा-सा पैर उठाया और थोड़ी-सी गरदन झुकायी। एक चूहा था—फ़ुदककर कार्पेट की कुंज-गलिन में भागने की व्याकुलता में, वह उन देवी जी की फ़ाल लगी साड़ी की किनार को छूता हुआ दौड़ा। वे मुझसे ज़्यादा चौंकीं। हड़बड़ायीं। फिर मेरी तरफ़ मुस्कुराते हुए बोलीं—माउस।

मैंने कहा—आखिर सेमिनार का वह अहम हिस्सा है...!

वे किफ़ायत से हँसीं। लिपिस्टिक ज़रा हिल-डुल कर सम हो गयी।

मैंने बात आगे बढ़ायी—अब आयोजक पर यह आरोप नहीं लग सकता कि उन्होंने संगोष्ठी के सभी पक्षों को आमन्त्रित नहीं किया है।

इस बार वे इस तरह मुस्कुरायीं कि यह आख़िरी है और अब वे मुझ पर इससे ज़्यादा मुस्कान नहीं लुटा सकतीं। मैंने भी कोई आपत्ति नहीं की।

एकाएक कैमरे चमकने लगे। वीडियो कैमरे चल पड़े और बैजधारी सूट-बूट बेवजह दौड़ने की मुद्राएँ धारण करने लगे। चेयरपर्सन पधार रही थीं। दर्शकों ने गर्दनें घुमायीं और कैमरों की आड़ में आती एक तनी हुई आकृति की झलक पायी। उद्घाटन सत्र चला। उन्होंने आंग्ल भाषा में सारगर्भित भाषण दिया और हम सबके पधारने पर स्वागत किया। फिर मुख्य कार्यक्रम की बारी आयी। मंच का सरंज़ाम बदल दिया गया। वरिष्ठ विशेष अतिथिगण अपनी महिमा को सँभालते हुए आये और अपनी नामावलियों के अनुसार बैठ गये। संचालनकर्ता ने हम सबसे उनका परिचय कराया। सत्कार हुआ। गुलदस्ते कुछ हाथों से होकर, कुछ हाथों में गये और अन्ततः मेज़ पर जा लेटे। उदासी और मुरझावन उन पर बरसने लगी। संचालक ने मुख्य वक्ता के रूप में डॉ. अशोक कुमार को आमन्त्रित किया। वे अपनी शोध-प्रस्तुति के लिये मंच पर आये। वे प्रौढ़तर आयु के वैज्ञानिक थे, जिन्होंने अब तक का कुल जीवन चूहों पर अनुसन्धान करने में ही लगाया था। वे चूहा-विशेषज्ञ की पहचान बना चुके थे।

पहली स्लाइड आयी। धुँधलापन लिये हुए एक अक्स उभरा। फ़ोकस ठीक किया गया। स्क्रीन पर एक चूहा दिखाई पड़ने लगा। उसके शरीर पर 'वेलकम' मुद्रित था। चूहा हमारा स्वागत कर रहा था और हम लोग चूहे का।

दूसरी स्लाइड आयी—'कृन्तक नियन्त्रण : प्रबन्ध और उपाय'—डॉ. अशोक कुमार। उन्होंने सम्बोधित किया—आदिम युग से आज तक मनुष्य की प्राथमिक आवश्यकता भोजन रही है और भविष्य में भी बनी रहेगी। जनसंख्या वृद्धि के कारण खाद्यान्न उत्पादन बढ़ाने के लिये अनुसन्धान किये जा रहे हैं। कृषि वैज्ञानिकों ने इस क्षेत्र में महत्वपूर्ण उपलब्धियाँ हासिल की हैं। दुनिया इसे 'हरित क्रान्ति' के नाम से जानती है।

डॉ. अशोक कुमार पल-भर के लिये रुके, फिर किसी रहस्य पर से पर्दा उठानेवाले अन्दाज़ में बोले—लेकिन हमारी सारी उपलब्धियों को हमारा एक जानी दुश्मन बरबाद कर रहा है। उसका नाम है—चूहा। जी हाँ, हम सदियों से उसके निशाने पर हैं। हमारी प्रगति, आत्मनिर्भरता और जीवन का शत्रु यही है। पहचान लीजिये इसका असली रूप। आइये, अब इससे निपटने के उपाय करते हैं। जड़ से ही साफ़ कर दें अपने दुश्मन को। न रहेगा चूहा और न चरेगा हमारी हरित क्रान्ति को।

तालियाँ।

कुछ पल अशोक कुमार ख़ामोश रहे और गर्व को अपनी गर्दन पर चढ़ने का अवकाश देते रहे। फिर दूने जोश में बोले—हमारे देश में इस समय चूहों की आबादी दस अरब है। यानी मनुष्यों की तुलना में नौ गुना ज़्यादा। मतलब एक आदमी पर नौ चूहे। अभिमन्यु की तरह चूहे उसे घेरे में लेकर मिटा डालने पर आमादा हैं।

विराम!

सन्नाटा!

वे अगला प्रहार करने के अन्दाज़ में बोले—एक चूहा 24 घंटे में 21 ग्राम अनाज खा जाता है। यानी एक दिन में वे हमारा 21 हज़ार टन अनाज भकोस लेते हैं। इसका अर्थ यह हुआ मित्रो कि यह ज़रा-सा चूहा अपनी आबादी के ज़रिये एक साल में हमारा 76 लाख टन से भी ज़्यादा अन्न खा जाता है। किसानों की आत्महत्या का असली कारण तो यह है।

तालियाँ।

-इतना ही नहीं, इसका दस गुना अन्न तो वे बरबाद कर देते हैं।

विराम।

डॉ. अशोक कुमार ने हमें हैरत के सुरसा-मुख में पहुँचा दिया था और अब हमारी दशा निहारने में लगे हुए थे। फिर वे पीछे की ओर पलटे—नेक्स्ट।

स्क्रीन पर स्लाइड।

चूहों का जीवनकाल : कुछ तथ्य—

आयु : दो से तीन वर्ष

प्रजनन परिपक्वता : 3 माह

गर्भकाल : 21 दिन

प्रजनन क्षमता : 5-10 शिशु। (कभी-कभी 21 तक)

वार्षिक प्रजनन आवृत्ति : 4-6 बार

डॉ. अशोक कुमार एक नये बम के साथ पुनः मुख़ातिब हुए—एक चूहे की उम्र 2-3 साल होती है। मादा चूहा मात्र तीन माह में प्रजनन-योग्यता हासिल कर लेती है। गर्भकाल सिर्फ़ 21 दिन का होता है और वह एक बार में 5 से 10 चूहों को जन्म देती है। वह अपने जीवनकाल में 12 से 18 बार प्रजनन करती है और चूहों की भीषण आबादी बढ़ाती रहती है।

विराम।

वे एक क़दम आगे आये और सरगोशी करनेवाले अन्दाज़ में बोले—चूहों का एक जोड़ा पैंतीस करोड़ चूहों के जन्म का कारण बनता है, पैंतीस करोड़!

ऑडीटोरियम में हलचल मच गयी।

पहलू बदले जाने लगे।

खुसर-फ़ुसर होने लगी।

उधर डॉक्टर की भयानक आवाज़ माइक्रोफ़ोन पर गूँजी—जी हाँ, पैंतीस करोड़ चूहे पैदा होते हैं, चूहों के एक जोड़े से।

वे अशोक थे और शोक-सृजक बने हुए थे।

वे मुस्कुराये—भरोसा नहीं हो रहा है न, नहीं होगा। मुझे भी नहीं हुआ था, मगर जब आप तीन केलकुलेटर लेकर गणना करने बैठेंगे और तीन माह में उनका गुणन-बहुगुणन निकालेंगे, तो सत्य को पा लेंगें। प्यारे मित्रो! सत्य फिसलन-भरा होता है—हाथ से फिसल जाता है। उसे सँभालना, पाने से ज़्यादा मुश्किल है। मैंने, आपके इस डॉ. अशोक कुमार ने अपना पूरा यौवनकाल चूहों पर होम कर दिया, तब कहीं सत्य का कुछ भाग हाथ में आया है।

वे हँसे—घर जाकर केलकुलेट कीजिएगा, यहाँ आगे बढ़ते हैं, ओ.के. नेक्स्ट।

अगली स्लाइड स्क्रीन पर आयी।

चूहों की प्रमुख जातियाँ—

1. घरेलू चूहा (रेटस रेटस) : रंग काला-भूरा, कान बड़े, शरीर के अनुपात में पूँछ बड़ी, बिल की मिट्टी भुरभुरी-दानेदार, बिल का मुँह खुला रहता है।

2. छोटी घूस (बेंडीकोटा बेंगालेंसिस) : रंग भूरा, रोम छोटे और कड़े, पूँछ शरीर से छोटी या बराबर, देखने में खूँख्वार, बिल की मिट्टी चिकनी-भुरभुरी, बिल का मुँह मिट्टी से ढँका रहता है।

3. घरेलू चुहिया (मस मसकुलस) : घरेलू चूहे की तुलना में छोटी, शरीर की तुलना में पूँछ लम्बी, काला-भूरा रंग, रोम मुलायम, घरों के अनाज-गोदामों में पायी जाती है।

4. मुलायम बालोंवाला चूहा (मिलारडिया मेलटाडा) : घरेलू चूहे से छोटा, पेट का रंग श्वेत, पूँछ शरीर के बराबर, बिल साधारण, सिंचाईवाले खेतों में पाया जाता है।

5. खेत की चुहिया (मस बुडुगवा) : आकार छोटा, बाल चिकने, बिल छोटा।

6. भारतीय जर्बिल (टटेरा इंडिका) : रंग काला-भूरा, पूँछ के छोर पर बालों का गुच्छा, पहाड़ी स्थानों पर निवास।

7. जंगली चुहिया (मस सेक्सीकोला) : आकार खेत की चुहिया जैसा, जंगलों में निवास।

डॉ अशोक कुमार ने इस स्लाइड पर इतना ही कहा—अपने शत्रु को खूब अच्छी तरह पहचान लीजिये। फिर बताया कि चूहे फ़सलों की बुवाई के समय से नुकसान पहुँचाने लगते हैं। ज्यों-ज्यों फ़सल बढ़ती है, चूहों का भी प्रकोप बढ़ता जाता है। चूहे अपने बिलों में अनाज संग्रहीत करते जाते हैं। वे बोले—अब आते हैं असली बात पर कि नियन्त्रण कैसे किया जाये?

उन्होंने पीछे मुड़कर कहा—नेक्स्ट।

स्क्रीन पर रंगीन ताज़गीवाली अगली स्लाइड आ गयी।

चूहा नियन्त्रण की विभिन्न विधियाँ—

1. कृषिगत : अधिक से अधिक रक़बे में एक साथ बोनी करें। खेत साफ़ और सँकरे हों।

2. भौतिक : चूहों के बिलों में पानी भरें। भागने पर चूहों को लाठियों से मार डालें।

3. यान्त्रिक : चूहेदानियों का प्रयोग करें। (जैसे तारवाली चूहेदानी, चटकनीदार ट्रेप, सरमन ट्रेप आदि)।

4. जैविक : नेवला, बिल्ली, साँप, उल्लू पालें।

5. रासायनिक : ज़हरीली दवाओं का प्रयोग करें जैसे ज़िंक फ़ास्फ़ाइड, ब्रोमोडियोलान-0.005, एल्यूमीनियम फ़ास्फ़ाइड (सलफ़ास) आदि।

नोट : ज़हरीली दवाओं का प्रयोग सावधानी से करें।

डॉ. अशोक कुमार ने प्रत्येक पद्धति को विस्तार से समझाया, क्योंकि संगोष्ठी का मुख्य उद्देश्य यही था। फिर कहा—नेक्स्ट।

तब एक और नयी स्लाइड पर्दे पर आयी।

चूहा : कुछ रोचक तथ्य—

1. संसार में चूहों की 500 प्रजातियाँ पायी जाती हैं।

2. चूहों के दाँत हर माह एक सेंटीमीटर बढ़ते हैं।

3. चूहे बिना भोजन के सात दिन और बिना पानी के 2 दिन तक जीवित रह सकते हैं।

4. चूहे तैरकर एक किलोमीटर तक जा सकते हैं।

5. चूहे अपने बिलों में आठ किलोग्राम तक अनाज संग्रहित कर सकते हैं।

6. एक चूहा अपने जीवनकाल में मल की दस हज़ार गोलियाँ, चार लीटर मूत्र और पाँच लाख बालों से अनाज को दूषित कर देता है।

इसके पश्चात् एक और स्लाइड आयी जिसमें बड़े-बड़े अक्षरों में 'थैंक्यू' लिखा हुआ था।

डॉ. अशोक कुमार दो क़दम आगे आये—दोस्तो, चूहे से बड़ा कोई और मानवता का दुश्मन नहीं हो सकता। कोई आतंकवाद भी शायद इतना ख़तरनाक नहीं हो सकता, जितना ये चूहा हो सकता है। वे तो हमें मारने के लिये बम और एके-47 वगैरह लेकर आते हैं और यह हैं कि वैपन्स के बिना ही हमें ख़त्म कर देने की गुपचुप चाल चल रहा है। आप सबसे अनुरोध है कि आज से ही इसे मिटा डालने का संकल्प ले लें। यदि हमें अपनी अरब की संख्या को पार कर गयी भारी

जनसंख्या को खाद्यान्न उपलब्ध कराना है, तो चूहे से निजात पानी ही होगी, अन्यथा हमारे किसानों, कृषि-वैज्ञानिकों और सरकार की अथक मेहनत से उगाया गया अन्न इस दुश्मन के पेट में जाता रहेगा। धन्यवाद।

ऑडीटोरियम ने उतनी ही ज़ोर से तालियाँ बजायीं, जितना कि वह अपने इस मासूम दुश्मन से डर गया था। डॉ. अशोक कुमार ने सवाल पूछने के लिये कहा, किन्तु हाथ नहीं उठे।

एल सी डी ऑफ़ ।

लाइट्स ऑन।

लोग पहलू बदलने लगे। बाजूवाले से अपनी राय ज़ाहिर करने का मौक़ा हाथ लगा। वातानुकूलन से ठंडे पड़ गये शरीर में जम्हाइयों की लहरें उठीं। टी-ब्रेक की घोषणा हुई और लोग उठने लगे।

बाहर चाय, कॉफ़ी और कोल्डड्रिंक्स हमारी प्रतीक्षा में थे। एकदम कंठ में प्रविष्ठ होने को तैयार। सुनीता नारायण के कीटनाशक-विरोधी आवेश को धकियाकर, वैज्ञानिक लोग अपने पेट में बहुराष्ट्रीय सद्भाव जमा करने में जुट गये थे। बिस्किट खाते हुए मेरी नज़र ऑडीटोरियम के प्रवेश-द्वार से शुरू होनेवाले कार्पेट पर बैठे चूहे पर पड़ी। वह पश्चपादों पर बैठा हुआ था और दोनों अग्रपादों को थूथन पर रखे हुए थर-थर काँप रहा था। वातानुकूलित-शीतलता का प्रभाव होगा। पर वह बड़ा क्यूट लग रहा था। कदाचित् यह वही चूहा होगा, जो मेरे पैरों पर और देवीजी की साड़ी पर चढ़ चुका था।

हम नयी-नयी सूचनाओं से समृद्ध हो रहे थे और अलक़ायदा तथा लश्कर-ए-तय्यबा से ज़्यादा ख़तरनाक दुश्मन को पहचान लेने में सफल हो गये थे।

तो चूहा इतना बड़ा शत्रु है और अब तक हमें पता न था। उस पर कमाल यह कि वह मज़े से हमारे ही घरों में अड्डा बनाये हुए है। हमारा खाता है, किचन में सरेआम घूमता-फिरता है और हम हैं कि उसकी असलियत से नावाकिफ़ पड़े हैं, वाह सचमुच कमाल है। अच्छा है कि दुनिया में डॉ. अशोक कुमार जैसे वैज्ञानिक और आई.सी.ए.आर, वर्ल्ड बैंक तथा नाबार्ड जैसी संस्थाएँ हैं, वरना, न जाने हमारा क्या होता?

दो

पाठको, चूहे ने संगोष्ठी के समापन का इन्तज़ार नहीं किया। अपनी व्याकुल अवस्था में ही वह बहिर्गमन कर गया। नाबार्ड की आलीशान और गगनचुम्बी इमारत वैसे भी

उसे कभी पसन्द नहीं आयी। बाहर से वह जितनी आशाजनक दिखाई देती थी, अन्दर से उतनी ही निराशापूर्ण और खोखली थी। वहाँ रोटी के चन्द टुकड़ों तक का अकाल पड़ा रहता है। इस बहुमंज़िला इमारत में सैंकड़ों कक्ष थे, परन्तु दरिद्रता उनमें लबालब भरी हुई थी। बिस्किट, पेस्ट्री और ब्रेड की झरी हुई किरचें मिल जाएँ तो मिल जाएँ, वरना फ़िनाइल की दुर्गन्ध के अलावा यहाँ क्या रखा है? हज़ारों आदमी अपने-अपने टिफ़िन लटकाये इस इमारत में रोज़ घुसते हैं, लेकिन हैं इतने कंजूस कि रोटी का एक टुकड़ा तक नहीं गिराते। गिर ही जाये तो तुरन्त उठा लेते हैं। टिफ़िन इस तरह बन्द करके रखते हैं कि हवा तक उसमें घुस नहीं पाती। बस संगोष्ठियों, कार्यशालाओं, सम्मेलनों में होनेवाले लंच ही एकमात्र आकर्षण रह गये हैं। बाहर से आये हुए लोग खाते समय ज़रूर गिराते हैं। जूठी प्लेटें इकट्ठा करने के लिये रखे गये पात्रों में भी खाने का जुगाड़ जम जाता है। तब चूहा खाता नहीं, जितना बटोरा जा सके, बटोरने में लगा रहता है। उन टुकड़ों को वह किसी अदृश्य जगह में छुपा देता है और बाद में थोड़ा-थोड़ा करके अपने परिवार के लिये ले जाता है।

चूहे का परिवार इस आलीशान इमारत के सामनेवाली सड़क के पार झोंपड़पट्टी इलाक़े की एक झोंपड़ी में रहता है। झोंपड़ीवाले, आलीशान इमारत वालों की तुलना में थोड़ा बेहतर हैं, खाने को ज़्यादा ढाँक-मूँद कर नहीं रखते। रोटियाँ तो अक्सर खुली रखी रहती हैं। झोंपड़ीवाले खा-पीकर काम पर चले जाते हैं, फिर तो पूरी झोंपड़ी में चूहों का राज हो जाता है। झोंपड़ी भी इतनी बढ़िया कि कहीं से भी घुस जाओ और जब जी चाहे निकल आओ। चूहे ने अपने परिवार को यहीं बसा दिया है। चूहे के परिवार के आठ-दस सदस्यों का तो जीवन यहाँ चलता ही है, दूसरे दो-चार चूहे भी आतिथ्य कर जाते हैं। जिन चूहों पर तंगी के दिन आते हैं, वे भी यहीं चले आते हैं झोंपड़पट्टी के चूहों के पास। उन्हें ये चूहे 'मेहमान' कहते हैं, शरणार्थी नहीं। चूहा यों भी उदार है, और वैसे ही उदार हैं झोंपड़ी में रहनेवाले लोग। चूहे ने चूहा समाज में कह रखा है कि बाहर-गाँव से मुम्बई आनेवाले चूहों को जब तक ठौर-ठिकाना न मिले, झोंपड़पट्टी इलाक़े में आकर निस्संकोच रह सकते हैं। अपना, अपनों के काम नहीं आएगा, तो फिर कौन आएगा। भाईचारे से ही दुनिया चल रही है।

तो चूहा व्याकुलता और सदमे की हालत में, किसी तरह अपनी झोंपड़ी तक आया। हालाँकि, उसके हाथ-पैर नाकाम हुए जा रहे थे। उनमें थरथराहट भरी थी। उसने परिवार को आवाज़ दी। बिलों और अतरों-कुतरों से निकल-निकल कर वे जमा हो गये। चूहे ने सब पर नज़र डाली। कुछ युवा चूहे नदारद मिले। मादा चूहे ने आँखें झुकाकर कहा कि वे यहीं-कहीं होंगे, शायद आते हों। चूहा नाराज़ हुआ। उसने चुहिया को फटकार लगायी—यह सब तुम्हारे प्यार का नतीजा है। तुम नहीं

जानतीं कि कितना ख़राब समय आ गया है। चारों तरफ़ आदमी ही आदमी बिलबिलाने लगे हैं, हर वक़्त ख़तरा रहता है।

चुहिया ने अपराधिनी की तरह गर्दन झुका दी। निरीहता उसके थूथन से टपकने लगी। चूहा नरम पड़ गया—अच्छा, अब आगे से ज़रा ध्यान रखना। मैं जो कह रहा हूँ उसे ध्यान से सुनो। हमारी चूहा-जाति पर आफ़त आनेवाली है। आदमी इसकी खुलेआम तैयारी कर रहा है। मुश्किल यह है कि हम उसी के साथ रहते हैं। लम्बे समय से साथ-साथ रहते आ रहे हैं, आदत-सी पड़ गयी है आदमी की। पर हमने तो कभी उसके ख़िलाफ़ नहीं सोचा और वह है कि हमारी नस्ल ही ख़त्म कर डालना चाहता है। ख़ैर, तुम लोग नहीं समझोगे, बस इतना समझ लो कि खूब सावधान रहना है और खाने-वाने के ज़्यादा लालच में नहीं पड़ना है, क्या? और तुम अपने लाड़लों को भी ताकीद कर दो कि वे अपनी मटरगश्ती से ज़रा बाज़ आएँ।

चूहा थककर साँस लेने के लिये रुका, फिर बोला—मैं कुछ दिनों के लिये बाहर गाँव जाऊँगा। चूहापति से मिलना होगा। उन्हें आनेवाले ख़तरे से आगाह करूँगा, ताकि समय रहते कुछ किया जा सके। अन्यथा, चूहा गहरी उदासी से साँस भरकर बोला—अन्यथा कोई नहीं बचेगा, बहुत बुरा समय आ गया है।

तीन

चूहे ने शिशु चूहों से प्यार किया, युवा चूहों के सिर थपथपाये, चुहिया की गर्दन पर थूथन रखकर चूमा और जल्दी-से-जल्दी लौट आने का वादा करके झोंपड़ी से बाहर आ गया। पूरे परिवार ने बाहर आकर विदा दी।

चुहिया ने उदासी से कहा—अपना ख़याल रखना, सँभलकर जाना और जल्दी लौटना। मैं राह देखूँगी।

-हाँ, फ़ौरन लौट आऊँगा। यदि पूरी चूहा-जाति के अस्तित्व का सवाल न होता, तो मैं जाता ही नहीं। लेकिन क़ौम की रक्षा के लिये जाना ज़रूरी है, वरना इतिहास मुझे माफ़ी नहीं देगा। अच्छा अलविदा। जल्दी ही फिर मुलाक़ात होगी।

चूहा अपने महानतम उद्देश्य के लिये चल पड़ा। उद्देश्य निर्धारित होते ही उसके अन्दर आत्म-गरिमा की लहरें उठने लगीं। क़ुर्बानी का जज़्बा पैदा हो गया और अपने महत्त्व से उसकी पहचान हुई।

चूहा कई दिनों की यात्रा करने के बाद चूहापति के पास पहुँचे, इसके पहले ही उसकी यात्रा की खबरें वहाँ पहुँच गयी थीं। चूहापति के बिल-प्रदेश में उसके

स्वागत की तैयारियाँ हफ़्ता-भर पहले ही शुरू हो गयी थीं। बुजुर्ग चूहों ने उसे सिन्दबाद कहा और युवा चूहों के लिये वह रोल-मॉडल बना। चुहियाओं के दिलों में उसे देखने के लिये खलबली मची। बिल-बिल उसकी चर्चा चली। चित्रकार चूहों ने उसके काल्पनिक चित्र बनाये और इधर-उधर टाँग दिये। युवा चूहों ने नारे बनाये और किशोर चूहों ने गाना सीख लिया—हमें तुम पर नाज़ है, चूहों के सिर पर ताज है। चूहापति की चूहा-नगरी में अभिनन्दन, ओ वीर माता के नन्दन। चूहा-चूहा भाई-भाई, पर्वत-पर्वत राई-राई, आदि आदि।

चूहापति की नगरी से एक फ़र्लांग पहले ही चूहों के एक दल ने चूहे का स्वागत किया। रोटी के टुकड़ों की मालाएँ पहनायीं। यात्री चूहे को पीठ पर बैठाकर वे नाचे। चीं-चीं-चीं। पीने के लिये झरने का शुद्ध जल पेश किया। चीं-चीं-चीं। यात्री चूहा इस आत्मीय स्वागत से मुग्ध हुआ। वे सब यात्री चूहे को पीठ पर लाद कर, चूहानगरी तक लेकर आये।

नगरवासी चूहों की अपार भीड़ उसे देख पाने के लिये, घंटों पहले से नगर-द्वार पर जमी हुई थी। उसके प्रवेश के साथ ही जोश उमड़ पड़ा-

जब तक सूरज-चाँद रहेगा...!
चूहा तेरा नाम रहेगा...!
तू गणपति-वाहन, तू महान...!
याद करेगा तुझे जहान...!

युवा-कुआँरी चुहियाओं ने पुष्प-वर्षा की और स्वागत-गीत गाये। कमसिन चुहियाओं के दिलों को धक्का पहुँचा, क्योंकि चूहा प्रौढ़ आयु का था, फिर भी अपनी आसक्ति को वे घटा नहीं पायीं। प्रौढ़ चुहियाएँ उसे देखकर लजा गयीं और उनके दिल धड़-धड़ कर उठे। थके हुए चूहे की आँखें मुँदी जा रही थीं। नर चूहों में आदर-भावना हिलोरें ले रही थी।

अन्त में जब जुलूस चूहापति के विशाल बिल के सामने पहुँचा, तो चूहापति मय कुनबे के उसके स्वागत के लिये मौजूद थे। उन्हें देखते ही यात्री चूहे की आँखें डबडबा आयीं। उसे अपनी यात्रा सार्थक लगी। समस्या की गम्भीरता और यात्रा की थकान ने चूहे को पस्त कर दिया था। पैर लहूलुहान थे और गर्दन लटकने लगी थी। आँखें खुलना नहीं चाहती थीं। उसे तुरन्त ही अतिथि-शाला में विश्राम करने के लिये भेज दिया गया।

चूहापति और उनके सलाहकार चूहों में भारी कौतूहल था। यात्री चूहा थककर गहरी और लम्बी नींद में लीन था और ये घड़ियाँ गिन रहे थे। मन में उथल-पुथल मची हुई थी कि ऐसी कौन-सी बात है, जिसे बताने के लिये चूहे ने इतनी लम्बी

और जोखिम-भरी यात्रा की।

चूहे की जब नींद टूटी और थकान की बोझिलता घटी, तो उसने चूहापति से भेंट करने लिये ख़बर भिजवायी। तुरन्त ही कुछ चूहे आये और आदरपूर्वक उसे चूहापति के पास लिवा ले गये।

-आइये, आपका एक बार फिर यहाँ स्वागत है। चूहापति ने यात्री चूहे से कहा और थूथनों के स्पर्श से आत्मीयता भी प्रकट की। वे अन्दर आकर बैठ गये।

चूहापति ने पूछा—तबियत तो ठीक है न?

-जी हाँ अब ठीक है क्षमा करें, मैं कुछ ज़्यादा ही सो गया।

-इतनी लम्बी यात्रा के बाद यह स्वाभाविक ही है। अब आप जिस कारण से इतनी लम्बी यात्रा करके यहाँ तक आये हैं, उसके बारे में बताएँ।

यात्री चूहे ने एक बार मन्त्रणा-स्थल में उपस्थित सभी चूहों को देखा, फिर विनम्रता से बोला—आदरणीय चूहापति जी एवं माननीय विद्वान एवं अनुभव-सम्पन्न चूहा-गणो, आप सब मेरा आदर स्वीकार करें।

इस सम्बोधन और विनम्रता के कारण वहाँ मौजूद सभी चूहे बहुत प्रभावित हुए। उसने आगे कहा—हम चूहों पर जल्दी ही भारी संकट आनेवाला है। मनुष्य ने हमें अपना दुश्मन घोषित कर दिया है। उसके वैज्ञानिक खोज-कार्यों में जुटे हुए हैं और हमारा समूल नाश करने की योजना बना रहे हैं। हाल ही में मुम्बई में, जहाँ से मैं आया हूँ, उसने एक बड़ी संगोष्ठी करके अपनी योजनाओं का खुलासा किया है। उन्होंने कई प्रकार की दवाएँ, छिड़कनेवाले कृन्तक-नाशक और हमारी नस्ल तक को ख़त्म कर डालनेवाली खोजें चला रखी हैं। वे एक तरफ़ साँप, नेवला, बिल्ली, उल्लू वगैरह को अपना दोस्त घोषित कर रहे हैं, दूसरी तरफ़ हम चूहों को अपना दुश्मन। उनका कहना है कि हम चूहे उनका उगाया हुआ करोड़ों टन अनाज खा जाते हैं, जिससे उनकी आबादी को भोजन की कमी पड़ जाती है।

चूहे ने एक लम्बी साँस ली और कहा—सभी का यह हक़ है कि वे अपनी और अपनी क़ौम की रक्षा करें। इसी उद्देश्य से मैं आपके पास आया हूँ। आप ऐसा उपाय करें जिससे हमारी नस्ल बचायी जा सके।

यात्री चूहे की बात सुनकर वहाँ सन्नाटा छा गया।

ज़रा देर बाद चूहापति ने कहा—एक ओर यह आदमी, हमें गणपति-वाहन कहकर सम्मान देता है और दूसरी तरफ़ हमें बरबाद करने के मंसूबे भी बनाता है। भाई यात्री चूहे! यह पूरा चूहा-समाज तुम्हारा अहसानमन्द है, जो तुमने आनेवाली विपत्ति को पहचाना और सूचना देने के लिये इतनी लम्बी यात्रा करके यहाँ तक आये। तुम्हारा बहुत-बहुत धन्यवाद।

फिर चूहापति ने अपने सलाहकारों से कहा—आप हमें सलाह दीजिये कि ऐसी विकट स्थिति से निपटने के लिये हमें क्या करना चाहिए?

सलाहकार असमंजस और विमूढ़ता में पड़े हुए थे। छोटी-मोटी मुसीबतें तो रोज़ उन पर आती ही हैं और दुर्घटनाओं में चूहों की मौत भी वे झेलते रहते हैं, लेकिन पूरी चूहा-जाति के मिट जाने का यह संकट सिर पर आ खड़ा होगा, किसी ने कभी सोचा तक न था।

एक सलाहकार चूहे ने कहा—मुझे तो यही उपाय समझ में आ रहा है, कि हम इस देश को त्यागकर कहीं और चले जायँ।

चूहापति ने कहा—यह मुमकिन कैसे होगा? इतने बड़े देश में फैले हुए चूहा समाज को एकत्र करना और इतनी बड़ी तादाद में निर्वासन। लाखों-करोड़ों चूहे यूँ ही मर जाएँगे। मनुष्यों को निर्वासन और पलायन की आदत है, पर हमें तो इसका कोई अनुभव ही नहीं है। और अगर जाएँ भी, तो कहाँ जाएँ?

-क्यों, पाकिस्तान जा सकते हैं। वही चूहा बोला।

-पाकिस्तान क्यों? वहाँ तो सैनिक तानाशाही है। एक चूहे ने आपत्ति की।

-सेनाएँ किसी की भी हों, वे हमेशा बुरी ही होती हैं। सेनाएँ होंगी तो युद्ध भी होगा। सैनिक-तानाशाह तो युद्ध ही चाहता है।

-तो बँगलादेश चले जाते हैं।

-वहाँ तो उन्हीं के खाने के लाले पड़े हैं, वे इधर की ज़मीन दबाने के चक्कर में हैं।

-नेपाल भी जा सकते हैं।

-उस हत्यारे ज्ञानेन्द्र का देश? अपने ही परिवार को भूँजनेवाले की छाया में हम अहिंसक चूहे कैसे रह सकेंगे?

यात्री चूहे ने हस्तक्षेप किया—हमें कहीं नहीं जाना चाहिए, बल्कि यहीं रहकर आदमी का मुक़ाबला करना चाहिए।

-तो फिर उपाय क्या है?

इस प्रश्न पर थोड़ी देर वहाँ चुप्पी रही।

-मेरे मन में एक विचार आया है। एक युवा चूहे ने कहा।

-हाँ बताइये।

-हमें भी चूहा-वैज्ञानिक तैयार करने चाहिए और उनसे ऐसी खोजें करने को कहना चाहिए, जिससे हम मनुष्य को मार डालें और सारा टंटा ही ख़त्म कर दें।

-क्या आदमियों जैसी बातें करते हो? फिर हममें और आदमी में फ़र्क़ ही क्या रह जाएगा? हमें आत्म-रक्षा के लिये उपाय तो करना चाहिये, किन्तु किसी

प्रजाति को समाप्त करने की बात सोचना तक नहीं चाहिये। सबके रहने में ही अपना भी रहना है और दूसरे के न रहने पर हम भी न रहेंगे। हम आदमी नहीं हो सकते और न ही अपना चूहा-धर्म ही त्याग सकते। हमें अपने बचाव के लिये उपाय करने होंगे।

–इसमें तो लम्बा समय लगेगा।

–लगेगा, परन्तु रक्षा का स्थायी उपाय हमारे हाथ आ जाएगा।

–पर तब तक हम मनुष्यों के हाथों मरते रहेंगे।

–मेरी सलाह न मानें तब भी मरते ही रहना है, तो उपाय की तलाश करने के लिये मेरी सलाह मान लेने में क्या हर्ज है?

चुप्पी छा गयी।

यात्री चूहे ने तब कहा—कृपया उचित और दीर्घकालिक फ़ायदों पर आधारित उपायों के लिये सोचिये।

चूहापति गम्भीरता में चले गये, फिर कहा—हमारे चूहा-समाज में अनेक ऐसे विद्वान और जानकार हैं, जो ज़रूर कोई रास्ता निकाल लेंगे। हम उन्हें बुला लेते हैं और उनसे बात करते हैं।

चूहापति से सभी सहमत हो गये। इसके अलावा और कोई चारा न था।

एक सम्मेलन की तैयारी होने लगी। यात्री चूहे को अतिथि सलाहकार बना दिया गया। अब यात्री चूहे को महीना-भर और रुकना था, जबकि वह अपने परिवार के प्रति चिन्ताग्रस्त था और जल्दी-से-जल्दी लौट जाना चाहता था। यात्री-चूहे ने अपनी समस्या चूहापति को बतायी थी, लेकिन उन्होंने यह कहकर उसे चुप करा दिया कि जिस विपत्ति को स्वयं उसने देखा-सुना है और अनुभव किया है, उसका विवरण चूहा-सम्मेलन में उससे बेहतर और कौन देगा? प्रस्तुति जितनी उत्तम होगी, उसके निदान भी उतने ही उत्तम होंगे। यात्री चूहा मन मारकर रह गया। वह भी ज़रूरी था, यह भी ज़रूरी था।

चार

एक माह की अवधि बीत जाने पर वह तिथि भी आयी, जब चूहा-सम्मेलन आयोजित हुआ। भाग लेने के लिये चूहा-समाज के विद्वान, बुजुर्ग और चिन्तक आये। यात्री चूहे ने ही समस्या के सम्बन्ध में विस्तारपूर्वक जानकारी दी। ऐसे विकराल संकट को जानकर सम्मेलन में भय छा गया। कितनी ही देर के लिये चूहे ख़ामोशी में चले गये। चूहापति ने मौक़े की नज़ाकत को भाँपकर, स्थिति सामान्य

करने की ग़र्ज़ से कहा—माननीय बिरादरी-बन्धुओ! चूहा-समाज के सामने इतिहास का सबसे बड़ा संकट आ खड़ा हुआ है, इससे पूरी प्रजाति के विनाश का ख़तरा पैदा हो गया है। इतना तो कुस्तुन्तुनिया और कैंटन शहर में प्लेग फैल जाने से भी चूहों का विनाश न हुआ था और न ही मनुष्यों का। प्लेग की कुल तीस महामारियों की जानकारी है, इसमें भी कुल चालीस करोड़ चूहे और दस करोड़ आदमी ही मरे थे। दुनिया की तुलना में ये आँकड़े कितने साधारण हैं? इतने तो युद्ध में मर जाते हैं। भूकम्प और ज्वालामुखी की चपेट में आ जाते हैं। हमें हिम्मत से काम लेना है, मनोबल बनाये रखना है और अपना वजूद बचा ले जाने का रास्ता भी निकाल लेना है।

चूहों ने इस धैर्यपूर्ण शैली के भाषण से अपने को सँभाला। थूथनें हिलायीं और आँखें मटकायीं। तब सम्मेलन के अध्यक्ष ने मौक़े को लपकते हुए कहा—कृपया अपने-अपने सुझाव यहाँ पेश करें।

एक युवा चूहे ने अपने पश्चपादों पर पूरा शरीर खड़ा करते हुए कहा—मनुष्य ने अपने लिये बेहतर से बेहतर अस्पताल बनाये हैं। ज़िन्दा रहने के हज़ार उपाय किये हैं। वह खुद तो अमर होना चाहता है और हमें ख़त्म कर डालना चाहता हैं।

एक आवाज़—हमें मारने के लिये गोलियाँ, ज़हर, स्प्रे और न जाने क्या-क्या तैयार किया गया है?

दूसरी आवाज़—मैंने मनुष्य के टीवी पर एक विज्ञापन देखा है, जिसमें ऐसी दवा का प्रचार है कि उसे चूहे खायें घर में और मरें बाहर जाकर। वे हमसे इतनी नफ़रत करते हैं कि न हमें ज़िन्दा देख सकते हैं और न मुर्दा। छिः छिः कैसे प्राणियों के साथ रहने को हम मजबूर हैं?

चूहापति ने बहस में हस्तक्षेप करते हुए कहा—यद्यपि अत्यन्त सार्थक बहस चल रही है, किन्तु हम मनुष्यों की तरह मानसिक अय्याशी नहीं कर सकते। सम्मेलन को उसके विषय पर केन्द्रित रखिये कि 'हम यहीं, अपने मुल्क में ही ज़िन्दा रहने का उपाय खोजेंगे।'

तब एक युवा चूहे ने शुरुआत की। उसके कान बड़े-बड़े थे और शरीर की लम्बाई की तुलना में कहीं अधिक लम्बी पूँछ का मालिक था वह। अपनी चाल-ढाल से ही वह प्रतिभावान दिख रहा था। उसने चीं-चीं की मधुर ध्वनि से सबको प्रणाम किया। सामूहिक चीं-चीं से इसका प्रत्युत्तर हुआ। वह बोला—सभी प्रजाति के बन्धु-बान्धवो! मेरा जन्म एक विश्वविद्यालय के पुस्तकालय-कक्ष में हुआ। और नृतत्वशास्त्र-विभाग का व्याख्यान कक्ष ही मेरी क्रीड़ा-भूमि रहा है। मैंने वहाँ मनुष्य के सम्बन्ध में जो सुना-समझा उसी के आधार पर मैं अपनी बात कहूँगा। चूहे सतर्क होकर बैठ गये। कानों की संवेदन-शक्ति का पूर्णरूपेण उपयोग करने की उनकी

तैयारी दिखाई देने लगी।

उस चूहे ने व्याख्यान देनेवाली अदा से कहा—दोस्तो, हम चूहे और मनुष्य दोनों ही प्रकृति की देन हैं। जब हमारा स्रोत एक ही है, तो हम आपस में शत्रु तो हो ही नहीं सकते, हाँ परस्पर-अवलम्बित हो सकते हैं। यदि हम इस विचार पर चल पड़े कि यहाँ, इस धरती पर जो भी है, वह दो हिस्सों में बँटा हुआ है—एक हिस्सा मित्रों में, और दूसरा हिस्सा शत्रुओं में यानी कि कुछ हमारे मित्र हैं और कुछ हमारे शत्रु, तो इसका मतलब निकलेगा कि क़ुदरत कुछ ग़लत कर रही है। वह दुश्मन और दोस्त की अलग-अलग फ़सल बो रही है। मगर अटल सत्य तो यह है कि क़ुदरत कभी कोई ग़लती नहीं करती। वह अपनी तरह से एक संचालन-व्यवस्था का निर्धारण करती है। उसके तहत जितनी पवित्रता सृजन की होती है, उतनी ही ध्वंस की भी होती है। दोनों ही संचालन-प्रबन्ध के दो अनिवार्य पक्ष हैं।

चूहे ने एक पल के लिये समूचे चूहा समुदाय को निहारा, फिर आगे कहा-माननीय यात्री चूहा महोदय ने अभी मनुष्यों की संगोष्ठी में प्रस्तुत रिपोर्ट का विवरण दिया है। अब ज़रा उसी प्रसंग में मेरे आँकड़ों पर भी ग़ौर कीजिये। यह सही है कि हमारी आबादी भारत में मनुष्यों की तुलना में आठ गुना ज़्यादा है, मगर हमारी उम्र मनुष्य की तुलना में तीस-चालीस गुना कम है। एक आदमी चौबीस घंटे में एक किलोग्राम आहार करता है और लगभग तीस ग्राम भोजन-सामग्री जूठन के रूप में बरबाद करता है। समारोहों और शादियों में तो वह इसका उल्टा करने लगता है, सौ-डेढ़ सौ ग्राम खाता है और पाँच-छह सौ ग्राम भोजन बरबाद करता है। पर इसे छोड़ भी दें, तो हमारे देश की मनुष्य-आबादी हर साल 54.75 करोड़ टन आहार करती है। मनुष्य 60 से 80 वर्ष जीवित रहता है, तो यह आहार वज़न में इतना ही गुना बढ़ जाएगा। अनाज को मुर्गों में बदल दें तो 5.47 अरब मुर्गे, 5.47 करोड़ बकरे और 1.82 करोड़ बैल वह खा जाता है।

चूहा अपने आँकड़ों की प्रतिक्रिया देखने के लिये पल-भर मौन रहा, फिर बोला—मित्रो, 16-17 साल की उम्र में ही आदमी प्रजनन-क्षमता प्राप्त कर लेता है और उसकी मादाएँ नौ माह का गर्भ धारण करती हैं तथा चालीस-पचास वर्ष की उम्र तक प्रजनन करती रहती हैं। प्रत्येक मादा 2 से 10 बच्चे तक उत्पन्न करती है और कभी-कभी यह संख्या 12 से 14 तक भी हो जाती है।

चूहे ने साँस लेकर कहा—इस मनुष्य प्रजाति ने मरने से बचने के लिये तरह-तरह की स्वास्थ्य-सुविधाएँ हासिल कर ली हैं। वह प्राकृतिक-प्रकोप से बच जाने के उपाय विकसित कर चुका है। असल में वह प्रकृति के नियम के विपरीत अमर होने की तैयारी कर रहा है।

उसने थूथन पर जीभ फिरायी—हम तो क़ुदरत के ख़िलाफ़ सोचते तक नहीं। अपना प्राकृतिक जीवन और भोजन हमने आज तक नहीं बदला। मनुष्य के साथ सह-सम्बन्ध प्रकृति-प्रदत्त है। वह हमारा चुनाव नहीं है। अब इस पर भी वह हमें अपना शत्रु मानता है, तो यह उसके विवेक पर एक प्रश्नचिह्न ही है। संसार समन्वय से चलता है, वैमनस्य से नहीं। भाईचारा ही दुनिया को बचा सकता है। इस बात को ध्यान में रखकर ही कोई फ़ैसला लिया जाये। बस यही मुझे कहना है, धन्यवाद।

चूहों ने अग्रपादों से ध्वनि पैदा की।

सम्मेलन अध्यक्ष ने कहा—अभी हमारे युवा चूहाभाई ने जो तुलनात्मक जानकारी दी, वह भविष्य में, रणनीति बनाने में हमारे बहुत काम आएगी।

संचालक ने दोपहर के भोजन के लिये अवकाश की घोषणा कर दी।

सम्मेलन-कक्ष से ज़रा हटकर भोजन की व्यवस्था थी। तरुण चूहे-चुहियाएँ इन्तज़ाम अली बने हुए थे। शरीर पर कोमल रोमावलियों के कारण आकर्षक लग रही चुहियाओं की मादक देहों पर अतिथियों की नज़रें जमी हुई थीं। उन्हें इसका अहसास था और इससे उनकी मादक अदाएँ ज़रा और मारक हो गयी थीं। वे कनखियों से निहार लेतीं और निहाल हो जातीं। रोटियों-फलों के टुकड़े, पापड़ों का चुरकन और बिस्किट्स के कणों की डिशें जमी हुई थीं। कई तरह के खाद्य-पदार्थों का मिश्रण भी चूहा-चाट के नाम से सजा हुआ था। वे खाते रहे और टिप्पणियाँ करते रहे। जो चूहे उधर चुप बैठे हुए थे, इधर वाचाल हो गये थे। फ़ुरसत होते ही चूहे सम्मेलन-स्थल के बगीचे की लॉन में अग्र तथा पश्चपादों को फैलाकर जा लेटे थे। सिर, ग्रीवा, धड़ तथा पूँछ में बँटा उनका शरीर, हरित पृष्ठभूमि में चित्ताकर्षक हो गया था।

भोजन पश्चात की कार्यवाही आरम्भ करते हुए संचालक ने नये सुझावों के लिये चूहों की भागीदारी आमन्त्रित की। बेंडीकोटा बेंगालेंसिस जाति का प्रतिनिधित्व करने के लिये एक चूहा आया—मेरा विचार तो यह है कि हमें भी वैज्ञानिक खोजें करनी चाहिए। टिट फ़ॉर टैट। हम गोलियाँ बनायें, तरल मनुष्य-नाशक बनायें, मनुष्य के सोते समय उस पर छिड़क दें और वह टें बोल जाए। उसे चूहा जाति का शत्रु घोषित किया जाए। धन्यवाद।

मिलारडिया मेल्टाडा जाति की ओर से वक्ता चूहा बोला—मैं पूर्व वक्ता से सहमत हूँ। हमें मुर्गियों, मछलियों, कबूतरों, झींगों, तीतरों, हारिलों, बकरों, बैलों वगैरह से भी अनुरोध करना चाहिये, कि वे मनुष्य को अपना शत्रु प्राणी घोषित कर दें। एक व्यापक एकता के लिये हमें आदमी को धान, गेहूँ, दलहन, तिलहन, कटहल, आलू, भुट्टे-टमाटर, पालक, मैथी, नीबू, मिर्च का भी शत्रु घोषित करना

होगा। वह कपास, वृक्ष, फूलों, शहद, पत्तों, बाँस, महुआ वगैरह का भी तो दुश्मन है। उसकी शत्रुता की सूची में अनन्त चीज़ें आ सकती हैं, ऐसा क्या बचा है, जिसका उपभोग मनुष्य नहीं करता? वह दुश्मन है, सारी धरती का दुश्मन है, उसे समूल ख़त्म करना ही होगा। धन्यवाद।

तालियाँ। तालियाँ। तालियाँ।

मस मसकुलस जाति की चुहिया बोली—मनुष्य अन्धा होकर उपभोग के पीछे भाग रहा है। दोहन और सिर्फ़ दोहन ही उसका लक्ष्य बन चुका है। उसने न पहाड़ बचने दिये, न जंगल। न हरियाली रहने दी, न सुरम्यता। सीमेंट और पत्थर के शहर खड़े करके वह मौसम तक को चबा गया। जलवायु भकोस गया। उसे तो सारी धरती का दुश्मन घोषित करना चाहिए, थैंक्स।

तालियाँ-दर-तालियाँ।

रेटस रेटस जाति का चूहा बोला—आदमी की लालसाओं और षड्यन्त्रों का लम्बा और काला इतिहास है। उसने जितने आविष्कार किये, खोजें कीं, उनके निष्कर्ष उसने अपने पक्ष में निकाले। उसने लिख-लिखकर ऐसी किताबों के अम्बार खड़े कर दिये, जिनमें धरती के हज़ारों प्राणियों को दुश्मन की तरह चित्रित किया गया है। अब क्या बतायें उसने प्राणियों, पशुओं और पक्षियों पर अपने गुण लाद-लाद कर मुहावरे तक गढ़ डाले हैं बगुला-भगत होना, आस्तीन का साँप होना, गीदड़ की मौत आती है तो शहर की ओर भागता है, कुत्ते की दुम टेढ़ी-की-टेढ़ी, उल्लू सीधा करना, कान पर जूँ न रेंगना, गिरगिट की तरह रंग बदलना, कुत्ते की मौत मरना, कोल्हू का बैल, काला अक्षर भैंस बराबर, बछिया का ताऊ, एक मछली सारे तालाब को गन्दा करती है, बन्दर क्या जाने अदरक का स्वाद...और तो और हम पर भी, खोदा पहाड़ निकली चुहिया। हमें उसकी किताबों, पुस्तकालयों और रिपोर्टों को कुतर डालना चाहिए। ऐसी नक़ली किताबें ग़लत नज़रिये को पेश करती हैं। इनको समाप्त करना होगा।

तालियाँ ही तालियाँ।

अगले वक्ता ने कहा—कृषि विश्वविद्यालयों में चूहों के ख़िलाफ़ किताबें लिखी जा रही हैं। आँकड़े तैयार किये जा रहे हैं। चूहा विरोधी विभाग चल रहे हैं। वहाँ चूहा विशेषज्ञ तैयार हो रहे हैं। वे हमारे नाम पर लाखों रुपयों की पगार हड़प रहे हैं। इस बदमाशी का पर्दाफ़ाश होना चाहिए।

अग्रपादों से पदतल ध्वनियाँ।

उसी ने आगे कहा—हमारी एक नस्ल प्लेग फैलाती थी, और मनुष्यों को सबक सिखाया करती थी। इस दुष्ट प्राणी ने हम चूहों की उस नस्ल को ही मिटा

दिया। क्यों न हम भी उसकी नस्ल ही मिटा दें?

चीं-चीं-चीं।

चिंच्चीं-चिंच्चीं।

संचालक ने आगे के भाषणों को रोक देने की कोशिश की, परन्तु वे सफल नहीं हुए। डिस्कवरी चैनल और नेशनल ज्योग्राफ़िक चैनल को देखने के आदी एक चूहे ने छलाँग लगाकर मंच पर क़ब्ज़ा कर लिया और व्याख्यान-शैली में कहा—यह वही मनुष्य-जाति है, जिसने डोडो पक्षी को धरती से समाप्त कर दिया। डोडो का कोई परभक्षी न था, इसलिये उसने अपने बचाव के कोई उपाय तक न सीखे थे। वह उड़ना तक नहीं जानता था। उल्टे मनुष्य को भला प्राणी समझकर ही वह फुदकता-फुदकता उसके क़रीब पहुँच जाया करता था। मनुष्य ने भारी चीज़ों से उसका माथा फोड़-फोड़ कर उसे ख़त्म ही कर दिया।

चीं...चीं...

-अफ्रीकी देशों में हाथी-दाँत के लिये हाथियों का इतना शिकार किया गया, कि हाथियों ने अपनी आनुवंशिक आदत तक बदल डाली। जानते हैं क्या किया उन्होंने? उन्होंने अपने दाँत उगाने ही बन्द कर दिये। यह है प्रतिरोध। क़ुदरती प्रतिरोध।

चीं-चीं...

-इस निरंकुश, लोभी, स्वार्थी और दैत्य-विचारोंवाले मनुष्य को धरती से मिटा देने का पुण्य हमें ही करना होगा। कृपया उसके तरीक़े जल्दी सोचिये, अब समय आ गया है कि हम अपनी रक्षा के लिये एकजुट हों। बड़े उद्देश्य के लिये काम करें। एक विराट मिशन के लिये काम करें।

चीं-चीं-पदतल ध्वनियाँ-चीं...चीं...

सभापति ने तुरन्त हस्तक्षेप किया—जब हम महान उद्देश्यों के लिये समर्पित हो जाते हैं, तो सफलता मिलने में देर नहीं लगती।

पाँच

गहमागहमी से भरा चूहा सम्मेलन इस निष्कर्ष के साथ सम्पन्न हुआ कि छह माह की अवधि में वैज्ञानिक, विचारक और अनुभवी चूहे अपने-अपने तरीक़ों से उपाय खोजेंगे, आविष्कार करेंगे और दूसरे सम्मेलन में उनकी प्रस्तुति करेंगे।

अगले दिन यात्री चूहा लौट पड़ा। विदा देने चूहों की भीड़ आयी। सम्मेलन

की चर्चाएँ फैल गयीं थीं, जिससे चूहों में चिन्ता व्याप्त हो गयी थी। इसी कारण विदा के समय वह उत्साह न था, जो आगमन के समय दिखाई दिया था। तब भी चूहों की कृतज्ञता में कमी न आयी थी।

यात्री चूहे को अपना परिवार छोड़े लम्बा अरसा हो गया था। दूसरी लम्बी यात्रा सम्पन्न कर वह अपने नगर पहुँच ही गया। अग्र और पश्चपाद ज़ख़्मी हो गये थे तथा शरीर में थरथराहट भर गयी थी।

मुम्बई वैसी नहीं थी, जैसी वह छोड़ गया था। इस बीच मुम्बई में सीरियल ब्लास्ट हो चुके थे। ऑफ़िस, बाज़ार और काम पर जाते या लौटते हुए लोग बड़ी संख्या में मारे जा चुके थे और उससे बड़ी संख्या में हस्पताल पहुँच गये थे। जब वह रेल की पटरी-पटरी रेंगता हुआ आ रहा था, तो उसने फटे और चिथड़े उड़े हुए रेल-डिब्बों का कबाड़ देखा। उसका चतुष्कोष्ठीय हृदय धक्क-से रह गया। इन्द्रियाँ अधिक सक्रिय हो गयीं। ऐसा जला और ध्वस्त कबाड़ मनुष्य द्वारा किये गये अनिष्ट का ही अंजाम होता है। 'आमची मुम्बई' और 'मी मुम्बईकर' के नारे कबाड़ पैदा करते रहे हैं और इसी कबाड़ से वे सत्ता पैदा करने का जादू भी जानते हैं। सैकड़ों-हज़ारों अशोक कुमार असली दुश्मनों को पहचान पाने में कोताही करते रहे हैं। आई.सी.ए.आर, रिसर्च इंस्टीट्यूट और विश्वविद्यालयों की तमाम प्रयोगशालाएँ असली दुश्मन के वायरसों के विरुद्ध कोई कारगर ईजाद करने में असफल रही हैं। कोई शोध यह नहीं बता पा रहा, कि जो किताबें, नसीहतें और विचार प्रेम, शान्ति तथा भाईचारे की स्थापना के उद्देश्य से उद्भूत हुए थे, वही इन्हें ही नष्ट कर डालने, नेस्तनाबूद कर देने और जड़ से उखाड़ फेंकने के इरादों के काम क्यों आने लगे हैं?

विचारों से काँपता चूहा अपनी चाल को भरसक बढ़ाकर, बान्द्रा-कुर्ला कॉम्पलेक्स के सामने स्थित उस झोंपड़ी तक जल्द-से-जल्द पहुँच जाना चाहता था, जहाँ उसकी संगिनी अपने बच्चों और बच्चों के बच्चों के साथ रहती है। वे सब चूहे की आँखों में झूलने लगे। उनकी चीं-चीं की मिठास कानों में घुलने लगी।

बान्द्रा-कुर्ला कॉम्पलेक्स की आलीशान इमारत उतनी ही आलीशान थी। सड़कों पर दौड़ते-भागते वाहन वैसे ही तेज़ रफ़्तार थे। बारिश की बौछारों से मुम्बई हर साल की तरह भीग रही थी, मगर।

मगर वह असंख्य छिद्रोंवाली झोंपड़ी अपनी जगह पर न थी। उस जैसी झोंपड़ियों वाली पूरी बस्ती ग़ायब थी। उसका मलबा तक न बचा था। उसकी जगह सूना और उचाट मैदान इतनी लम्बाई-चौड़ाई में पसर गया था, कि चूहे की आँख में समा नहीं पा रहा था। एक कोने में विशालकाय मशीनें ज़रूर दिखाई दीं। उनकी पूरी ऊँचाई मापने के लिये चूहे को पश्चपादों पर बैठना पड़ा। सदमा उस पर तारी हो गया

और उसकी गर्दन ज़मीन से जा लगी।

सदमे को बरदाश्त करने लायक़ समय बीत जाने पर वह झोंपड़ी की खाली जगह पर देर तक घूमता-सूँघता रहा। वहाँ मिट्टी में उसके परिवार की गन्ध, हलचल और चीं-चीं की ध्वनियाँ मौजूद थीं। पूरे मैदान में तलाश करने पर भी इस बारे में कोई सुराग़, सूचना या ज्ञान उपलब्ध नहीं हुआ कि पूरी बस्ती का क्या हुआ? क्या वे मशीनें उसे लील गयीं?

सदमा स्थिर हुआ तो हाहाकार चल पड़ा था। प्राण निकल जाने को फड़फड़ा रहे थे। रुदन अन्दर उमड़-घुमड़ रहा था और थकान तथा पीड़ा उसे तोड़े डाल रही थी।

अपने परिवार के बाद उसे उस मनुष्य-परिवार का ध्यान भी आया, जो झोंपड़ी में रहता था। उनका क्या हुआ? बड़े अच्छे लोग थे। खाने-पीने की चीज़ों को तालों में रखने की प्रवृत्ति से मुक्त थे। सब कुछ खुला-खुला था। चूहा परिवार मज़े में पल रहा था। बच्चे तो चूहा-शिशुओं को देखकर रोटी के टुकड़े उनकी तरफ़ उछाल देते थे। उनके बिस्तरों, कपड़ों, भोजन सब में चूहों का साझा था। सुख और दुख दोनों ही साझे थे। जिस दिन चूल्हा न जलता, उस दिन चूहा-परिवार भी फ़ाक़े करता और जिस दिन झोंपड़ी में दारू-मच्छी उड़ती, चूहा-परिवार भी जश्न मनाता। एक मनचला चूहा तो नज़रें बचाकर उस कटोरी में थूथन तक तर कर आता, जिसमें दारू रखी होती। फिर देर तक वह लोट-पोट होता रहता, दीवारों पर अकारण चढ़ता-उतरता और ग़ज़ब की निडरता धारण कर रात में झोपड़पट्टी के स्वामी की मूँछों से छेड़छाड़ भी कर आता।

बान्द्रा-कुर्ला कॉम्प्लेक्स वालों से यह लोग कितने भिन्न थे। इनके मन में चूहों को मार डालने या घर से भगा देने का कभी विचार तक नहीं आया। दोस्ती चल रही थी।

छह

घंटों वहीं पड़े रहने के बाद चूहा, धीमी-मरी चाल से चलकर बान्द्रा-कुर्ला काम्प्लेक्स में पहुँच गया। ग्रेनाइट पत्थरों की परिचित चिकनाई और फ़िसलन ने उसे अपनी बाँहों में ले लिया। जाने-पहचाने कमरों की दीवारों ने थोड़ा सुकून अता किया। रात के अँधेरे में सूने-सपाट पड़े भवन में अकेले घूम-घूमकर उसने अपने को इत्मीनान दिया। फिर वह एक थ्रिल को याद करता हुआ उस ऑडीटोरियम में प्रविष्ट हुआ, जहाँ से उसे यात्रा की प्रेरणा मिली थी जिसने उसे परिवार का विछोह दिया जो उसके

जीवन में काल बनकर उतरा।

चूहे ने कुर्सियों की ठंडक को आत्मसात किया, कार्पेट के खुरदरेपन में पुराने दिन खोजे। साउंड-सिस्टम के केबिनेट पर गर्दन रखकर भाँपने की कोशिश की। मंच का मुआयना किया। वहाँ रखी मेज़ों पर चल-फिरकर यह जानने का प्रयत्न किया कि वे पेड़ों की होकर भी उनसे कितनी भिन्न हैं। निर्जीवता के आतंक में सनी हुईं।

वह चेयरपर्सन की कुर्सी पर जाकर साँस लेने लगा। कुर्सी एक धीमी लय में आगे-पीछे झूलने लगी। लोहे में गति? वह चकित हुआ। कुर्सी से सुख की लहरें उठीं और उसे सराबोर करने लगीं। वह अन्दर से गीला हुआ। गीलेपन से एक शक्ति पैदा हुई—तरंगें फूटीं। आत्मविश्वास अँगड़ाई लेने लगा।

भक्क्।

भक्क्...भक्क्...भक्क्...भक्क्...।

ऑडीटोरियम में प्राण आ गये। प्रकाश-व्यवस्था झमझमा उठी। वह डर गया।

दुबककर टोह ली मगर वहाँ कोई मनुष्य न था। उसने अपने आप को बटोरा। कुर्सी से मेज़ पर आया। गुलदस्ता मादक-गन्ध देने लगा। चूहे ने उसे थूथन से सहलाया। उस नशे का अनुभव किया, जो चेयरपर्सन बनने पर चढ़ता है। नशे का लुत्फ़ उठाते हुए मेज़ के इस सिरे से उस सिरे तक की गरिमामय यात्रा की।

यहीं माइक्रोफ़ोन था।

वह उस पर कूदा—टुक्क!

संगीतपूर्ण आवाज़ से पूरा ऑडीटोरियम बज उठा—टुक्क!

माइक्रोफ़ोन की स्टीरियोफ़ोनिक ध्वनि ने उसे फिर डरा दिया।

वापस मेज़ पर।

दुबके-दुबके उसने जायज़ा लिया और जान गया कि 'टुक्क्' की ध्वनि का जनक वही है, कोई दूसरा नहीं। वह माइक्रोफ़ोन पर दुबारा कूदा और 'टुक्क्' की ध्वनि से उसने सारे ऑडीटोरियम को गुँजा दिया। थूथन रगड़कर उसने खिर्र-खिर्र की आवाज़ फैलायी। अग्रपादों से थप-थप पैदा की।

टुक्क् खिर्र-खिर्र थप-थप टुक्क्।

खिर्र-खिर्र।

थप-थप...।

टुक्क्-टुक्क्...।

चूहा जब खेल में व्यस्त था, तब पीछे मंच पर एक डिजिटल-बैनर सरसराता हुआ आया और लग गया। श्रोता-आसनों पर चूहे अवतरित हुए। ऑडीटोरियम देखते-ही-देखते भर गया। फिर बॉलकनी भरी। दीवारों के पास की जगहें तक चूहों

से पट गयीं। चूहे ही चूहे। भिन्न जातियों, स्वभाव और रंगोंवाले चूहे। कैमरे आये। वीडियो आये। प्रकाश-कौंध से मंच झल-झल हुआ। पदतल ध्वनियाँ गूँजीं।

चूहे ने धीमे से कहा—हैलो!

पदतल ध्वनियाँ।

-चूहा समाज के माननीय सदस्यो! मैं यहाँ आपका स्वागत करता हूँ और आभार मानता हूँ कि आप मुझे सुनने आये। यह सही है कि मनुष्य, हमारी प्रजाति के अस्तित्व पर ही प्रश्न-चिह्न लगाने का मंसूबा बना रहा है। वे एकांगी सोच के शिकार हो गये हैं। जिस दिशा में चल पड़ते हैं, तो फिर और कहीं देखते ही नहीं। अब वह हम चूहों को मिटाने चल पड़ा है। उधर चूहों ने भी मनुष्य को समाप्त कर देने का निर्णय ले लिया है।

पगतल ध्वनियाँ।

-दोस्तो, यह तालियाँ बजाने लायक़ निर्णय नहीं है।

ऑडीटोरियम सन्न रह गया।

चूहे ने श्रोताओं को निहारने के लिये सिर इधर से उधर तक घुमाया—मनुष्यों द्वारा चूहों को मारने का फ़ैसला जितना बुरा है। हमारा फ़ैसला भी उतना ही बुरा है।

सन्नाटा।

-जो उस छोर से ग़लत है, वही इस छोर से जायज़ कैसे हो सकता है?

चुप्पी!

-दोनों एक-दूसरे को शत्रु घोषित कर, एक-दूसरे को मिटा देंगे, तो इस संसार का क्या होगा? धरती कैसे चलेगी? इसे कोई एक नहीं चला रहा है। यह सबसे, सबके लिये चल रही है। प्रकृति ने हमें और उन्हें एक साथ, एक जगह पर पैदा किया है। एक के हाथों दूसरे के विनाश के लिये तो बिल्कुल भी हमें पैदा नहीं किया गया होगा, निश्चित ही हम क़ुदरत की ज़रूरत होंगे। यदि हम क़ुदरत की ज़रूरत हैं, तो उसे ही बरबाद करने पर आमादा क्यों हैं? क्यों?

ऑडीटोरियम गूँजा—क्यों? क्यों?

स्टीरियोफ़ोनिक सवाल—क्यों? क्यों?

-हमें विचार करना होगा, कुछ नये सवालों पर। यह नये सवालों पर विचार करने का समय है, जैसे कि हमें वैज्ञानिकों की ज़्यादा ज़रूरत है या प्रकृतिवादियों की?

सन्नाटा।

-सह-सम्बन्धों की वास्तविकता को स्वीकार कर जीने और जीते रहने देने की आवश्यकता है या सम्बन्ध-विच्छेद कर एकल प्रजाति हो जाने की?

सन्नाटा। सन्नाटा।

–क़ुदरत से कुछ सीखने की ज़रूरत है या क़ुदरत को सबक़ सिखाने की?

सन्नाटा। सन्नाटा। सन्नाटा।

–नैसर्गिक जीवन जीने की या निसर्ग को अपनी मर्ज़ी से बदल डालने की?

सन्नाटा।

चूहा चुप हो गया।

उधर तालियों की हिम्मत न पड़ी।

वे सब धार्मिक श्रोताओं की तरह चुपचाप सुनते रहे।

–दोनों ओर के विद्वान, दोनों तरफ़ के वैज्ञानिक, दोनों तरफ़ के फ़ायदा-वादी, जब एक-दूसरे को ख़त्म करने के विचारों, खोजों और मनोवृत्तियों में डूब गये हैं, तब हम, जो कि विद्वान नहीं हैं। हम, जो वैज्ञानिक भी नहीं हैं और हम, जो फ़ायदा-वादी मनोवृत्तिवाले तो हरगिज़ नहीं हैं, आइए चलें। यहाँ से चलें, दोनों तरफ़ वालों को नकारने के लिये यहाँ से निकलें।

–चलो कि क़ुदरत की अन्तरात्मा को सुनने के लिये चलें।

–उसे समझने के लिये चलें और सबके साथ, सबके जीने की राह पर चलें।

सन्नाटा।

चूहा, श्रोताओं को आग्रहपूर्वक देखता रहा। वे हलचल-विहीन थे।

चूहा माइक्रोफ़ोन से मेज़ पर कूदा—धप्प।

मेज़ से कुर्सी पर—टिप्प।

कुर्सी से रेंगकर वह मंच पर आया। वहाँ से देखा।

सब निस्पन्द।

मंच से वह कार्पेट पर चला।

हवा तक थम गयी थी।

'निर्गम-द्वार' की ओर वह सधे हुए पदों से चला। चलता गया। यहाँ तक कि ग्रेनाइटवाले बरामदे में आ गया। पर उसके पीछे कोई पदचाप पैदा नहीं हुई।

'बान्द्रा-कुर्ला कॉम्प्लेक्स' की गगनचुम्बी इमारत के सामने रात का सन्नाटा और एक अकेला चूहा।

झोपड़पट्टी लापता।

चूहे ने एक बार मुड़कर देख लेना चाहा। अरे यह क्या? उसके पीछे असंख्य चूहों की असंख्य पंक्तियाँ खड़ी थीं। खड़ी थीं और उसके इशारे की प्रतीक्षा कर रही थीं। सम्मोहित-सी।

जैसे वह कोई 'पाइपर-मैन' हो।

❑❑❑

णाणं पयासयं

वीर नि.सं. 2470

ई. सन् 1944

भारतीय ज्ञानपीठ